失恋後、険悪だった幼なじみが砂糖菓子みたいに甘い
~ビターのちシュガー~
author
七烏未奏
illust
うなさか
JN054997

「……じゃあ、もらってくれますか？」

「はは、それはいいな」

「……ばーか」

俺が軽く承諾すると、心愛が切り捨てるように毒を吐く。

完全に、昔のような心地の良い幼なじみの距離感。

心愛を見ると、茜色の夕焼けに照らされ、
赤味を増した顔に笑みを浮かべていた。

「もー、二人とも
イチャイチャだなあ。
じゃあ、
決定のボタン押すよー。
ポチっと！」
その後、機械のアナウンスに従って写真を撮り終えた。

「この調子だと、ゆっちーすぐに復活しそうだね。本当によかったよ」
「……私も、悠ちゃんのこと、好きだよ？」
Hotaru Kasugai
春日井蛍
悠のクラスメイト。
学業もスポーツも優秀で、クラスの人気者。
Reiko Aida
蓬田怜子
悠の先輩で、彼の元カノ。

「十年以上の付き合いですよ、
忘れるわけがないでしょう」
「よく俺のことを覚えてたな」
沢渡 悠
高校二年生。
失恋して寝込んでいたところを、幼なじみの心愛の訪問を受ける。
Kokoa Shirayuki
白雪心愛
高校二年生。
悠の幼なじみだったが、最近は疎遠になっていた。

CONTENTS

SUGAR AFTER BITTER

author: Sou Nanaumi
illust: Unasaka

失恋後、険悪だった幼なじみが砂糖菓子みたいに甘い

～ビターのちシュガー～

七烏未奏

講談社ラノベ文庫

口絵・本文イラスト／うなさか
デザイン／杉山絵
編集／庄司智

第1章　曇りところにより晴れ

失恋した。

ひとことで済ませてしまえば、たったそれだけのことだが、自分のそれまでの人生を否定されたかのような――すべてを失ってしまったかのような体験だった。

もう少し大人になれば、年相応に経験した不幸と鈍化した感性から、こういった出来事も日常の一幕のように切って捨てることもできるのかもしれない。

でも、今の俺にはまだ、なにかを失うことへの耐性がついていなかったんだろうし、その覚悟もなかったということなのだろう。

あれから一週間もたったというのに、そのショックから出たと思われる高熱で、今はベッドの外に出ることもかなわない。

『ずっと一緒にいられるとは限らないでしょ～？　依存されても困るぞ？』

そんなことを彼女は言っていたけど、まさか急に別れることになるなんて、思ってもいなくて。なんてことを思い出していると、彼女の溌溂《はつらつ》とした様子と口調が脳裏に浮かび、また気分が落ちこんできた。

「……情けない」

感傷的なマゾヒズムに浸りたいわけでもないのだ。

とりあえず、この件でひとつ勉強になったのは、俺が思っていたよりも精神的ダメージは肉体に反映してしまうらしいということ。

なにせ、こんな高熱が続くのは、生まれてからの十六年以上、一度も経験したことがなかったのだから。

――ピンポーン。

そんなことを考えながらベッドでもぞもぞしていると、チャイムが鳴った。ベッドからはいでるのもキツイ状況で、来客なんてふざけているのだろうか。

一人暮らしをしている以上、この来客は俺目当て。なにか通販でも頼んだっけかと記憶を手繰るが、該当しそうな心当たりはない。ならば、相手にするのも億劫《おっくう》な訪問営業の類いだろう。

このまま無視してしまって問題ない。そう思いながらチャイムをシカトしていると、今度は枕もとに置いていたスマホが震える。

スマホの画面にはメッセージアプリPINEからの通知。白雪心愛《しらゆきここあ》という名前と、「留守ですか?」というメッセージが表示されていた。

白雪心愛。幼い頃からの腐れ縁というか、もし異性の親友と呼ぶべき相手がいるとすれば、数年前までは彼女だっただろう。

だった。そう、過去形だ。

いつしか、理由も思い当たらないような状況で一方的に嫌われてしまって、それ以降は疎遠になってしまっていたせいだ。

同じ高校に進んだのに一切の会話はなく、それどころか、隣の部屋に住んでいるというのにやっぱり会話はなく、何度も顔を合わせる機会があったのに、やっぱり会話なんてなかった。

全く会話しなくなって、確か一年くらいだったか。そんな彼女が、どうして俺の家を……。

意を決して、気だるい身体《からだ》を押し上げると、上布団を撥《は》ね除《の》けて玄関へ。ドアを開けると、「わっ」と驚き一歩後ずさる心愛の姿があった。

「人の顔を見て驚くなんて、失礼じゃないか？」

「だ、だって、急に開けられるとは思いませんでしたし」

髪を結い上げてつくった長いツインテールを揺らしながら、制服姿の心愛が焦り気味に反論する。手には通学鞄《かばん》を持っていることから、部屋に戻ることなく訪ねてきたのだろう。

「寝て、ませんでしたか？」

「起きてたよ。気分が悪くて寝付けなくてな。それで、何の用だ？」

「ええっと……」

ガサっと音がなる。

よく見ると、心愛の手にはビニール袋が握られていた。袋から覗《のぞ》いてるあの青くて枝分かれした野菜は……ネギ？

「……ずっと学校を休んでると聞きましたから、その、えと、あの」

なんだ？　要領を得ない。心愛が持ってきてくれたのは食べもので、であれば心愛がやろうとしていることは……。

「看病しに、きました」

「……は？」

思わず声が漏れる。

「だから、看病しにきたんです。取りあえず、高熱で立ってるのはつらいでしょう。私のことは気にせずに寝てください。御飯は食べましたか？」

「いや、ちょっと待ってくれ。どうして急に俺の看病なんて――」

「学校で、偶然あなたのことを聞いたんです。聞けばもう一週間学校を休んでいるとか。隣の部屋の住人がそんなに長いこと休んでいると知ったら、心配になるのが普通というものでしょう」

「いや、それはそうだが――」

「迷惑でしたら帰りますが？」

気まずさはあるものの、迷惑なんかではない。むしろ、家にある食料品が本格的に切れ始めたところだったので大変ありがたい。

「……じゃあ、お願いしていいか」

「では、ひさびさにお邪魔しますね」

俺が部屋に戻ると、彼女も靴を脱いでついてくる。

——って、待て。

高熱で思考が朦朧《もうろう》としていたせいか、俺は彼女を招くに当たっての大きすぎる問題に気付いていなかった。

ひとつ、ろくに掃除もせずに日々を過ごす俺の部屋は汚すぎること。ふたつ、その散らかった部屋のあちこちに、無造作に俺の下着などが転がっていること。

そして——。

「『死ぬまで甘えさせてくれる……綺麗《きれい》なお姉さん地獄編～この世の果てでバブウと叫んだ漢《ケダモノ》～』。なるほど、最近の悠《ゆう》はこういう女性がタイプなのですか」

「だあああああああああああああ！」

みっつ、ベッドの近くの目立つ位置に、寝込む前に読んでいたエッチな本が置いてあったこと。

「年上が好みだとは知っていましたが、ここまで拗《こじ》らせていたとは……」

「違う。それは同じクラスの奴《やつ》に無理矢理押しつけられた本だ。勝手に誤解しないでくれ」

「軽蔑はしません。性癖は人それぞれでしょうし」

「俺の言葉を信じてないな」

「冗談ですよ。そういうことにしておきましょう」

「信じてないな……？」

「いいから、具合が悪くなりますよ。さっさとベッドに入って身体を休めてください」

心愛が、めっちゃ蔑んだ視線を向けてくる。

いや本当に、俺にそういう趣味はないから！

心の中で何度も叫びながら、ベッドに潜った。


ひとまず、散らかっていた本を適当に片付け、見られてはまずいものを隠した後にベッドに腰を掛ける。

「よく俺のことを覚えてたな」

「沢渡《さわたり》悠、十六歳。学区一の進学校、月ヶ丘《つきがおか》高校に通う二年生。２ＬＤＫのマンションに住む一人暮らし。好きな女性のタイプは死ぬまで甘えさせてくれる綺麗なお姉さん。口癖はバブウ」

「だからそれは誤解だって言ってるだろ。あと勝手に口癖にするな」

「憎まれ口を叩《たた》ける程度には元気が残ってるみたいで安心しました」

淡々と、抑揚のない喋《しゃべ》り方で心愛が続ける。

「十年以上の付き合いですよ、忘れるわけがないでしょう。隣に住んでますし。それよりも、いつまでそうやってるんですか。はやくベッドに横になってください。具合が悪いんでしょう？」

「いやでも、女の子がいる前で横になるのは気が引けるっつーか」

「いいから寝てください。寝なさい。すぐに。さあ」

死ぬまで甘えさせてくれる…
地獄編
麗なお姉さん
~この世の果てでバブウと叫んだ

「わかったってば」

ベッドに潜る。

こっちは遠慮して言ってたのに、そんなに強く言うことはないじゃないか。

「今さら恥ずかしがるような間柄でもないかと」

「そうは言っても、しばらくお前と話してなかったし。大体、俺を避けるようになったのは心愛からじゃないか。嫌われてると思ってたんだが？」

「話す機会がなかったというだけでしょう。同じ学校ですがクラスは別、同じ部活に入っているわけでもない。隣の部屋の住人だからといっても、用もなく訪ねることはありません。会話する理由がありますか？」

「昔はなにもなくても話していただろう」

「時が流れて人間関係が風化するなんて、べつに珍しい話でもないです」

「まあ、そうかもな」

クラスが分かれるたびに疎遠になる相手というのはいたし、転校を機に一切交流のなくなってしまった親友もいる。

同じ高校に進学したというのに、喋らなくなってしまった相手というのは、なにも心愛だけではなかった。

まあでも、人間関係なんて、そんなものなのかもしれないな。

なんとなく仲良くなって、なんとなく疎遠になることもあれば、ずっと一緒にいるのだと思っていた相手が、アスファルトに落とした水風船のように割れてなくなったりもする。

つい先日、そんな経験をしたばかりだった。

「ご飯は食べました？」

「まだ、だが……余り食欲もなくてな」

「熱は？」

「ある。咳《せき》が出ないのは幸いだが」

ふむ、と心愛が顎に手を当てて考えるようにする。

「薬を飲むためにもなにかお腹《なか》にいれる必要がありますよね。食欲はありますか？」

「そこそこ。って、待て、なにもお前にそこまでしてもらわなくても――」

「そこまでしたくなるくらいに心配をかけてるんですよ。わかったら黙って休んでいてください。抵抗される方が迷惑ですから」

「うぐっ……」

有無を言わさぬ心愛の言葉に、口を噤《つぐ》む。

「台所を借りますね」

そう言って、心愛はビニール袋を持って台所へ向かった。

とてもありがたい話だが、心愛はなんでそこまでしてくれるのだろうか。

ずっと疎遠だった相手。昔は仲が良かったとはいえ、しばらくは会話もしていなかったような相手だ。俺の失恋の話を、どこかで聞きつけたのだと思うが……同情されているのかもしれない。

やがて、食材を刻む小気味のいい音が、台所から聞こえはじめる。

そういえば昔、こうやって心愛に食事をつくってもらったことが何度かあったっけか。料理の練習がしたいからご飯つくらせて、なんて押しかけてきて。

瞼《まぶた》を閉じて、心愛と仲が良かった頃のことを思い出す。

放課後、一緒に寄り道をして買い食いをした時のこと。どこの部活に入るのか話していたのに、結局直前になって互いにどこにも入らなかった時のこと。

——初恋に夢中になっているうちに、いつの間にか心愛と話さなくなってしまったこと。それから、自然と距離を置かれ始めたこと。

ああ、でも、嫌われていたわけではなかったのか。

そんなことを考えていると、なんだか胸の奥に、ほのかな温《ぬく》もりを感じ始める。あったかい。まるで、心の空洞が埋まったみたいな。

その温もりにうとうとしているうちに——意識がまどろみ、途絶えた。

意識が覚醒すると同時に、今この部屋には来客がいたことが頭をよぎり、慌てて上半身を起こした。

すると、ゴツンとなにかが頭にぶつかる。

「……いたっ……！」

心愛の悲鳴が聞こえる。

どうやら俺が頭をぶつけたものは、心愛の顔だったらしい。

「えっ、すまん。心愛の顔が頭上にあるとは思わなくて」

心愛が、自分の鼻を両手で押さえながら、涙目でこちらを見る。

「い、いえ、こちらが不用意なことをしていたのが悪いんです。急に起き上がるなんて思ってなかったですから」

「……痛くないか？」

「は、はい……あ、そ、そうだ。ご飯できましたよ。食べますよね」

「あ、ああ」

なんだか慌てた様子の心愛につられて、こちらまで言葉がどぎまぎとしてしまう。

ところで彼女は、今なにをしていたのだろう？

◆

心愛が用意してくれたのはお粥《かゆ》だった。

米だけでなく、卵、細く切った大葉や生姜《しょうが》、葱《ねぎ》に少量の鶏肉《とりにく》なども入っており、一手《ひとて》間《ま》かかっている。

ほのかに塩を感じる程度の味付けだが、胃腸が弱り食欲を失っている時には、このくらい薄いものが優しく感じられてちょうどよかった。

「美味《うま》い」

「それはよかったです」

心愛が、抑揚のない声で返した。

俺の感想なんて、どうでもいいと言った風の声色だ。

しかし、そんな関心のなさそうな声を出した割には、彼女の視線は常にジッとこちらを向いていて、なんというか、監視されているようで食べにくい。

「俺が食事するところ、そんなに面白いか？」

俺の言葉の意味に気付いたのか、心愛が視線を逸《そ》らす。

「……ええ。顔とか。やばいです」

「マジで。そんなヤバイ顔をして飯を食ってる覚えはないのだが」

今度、食事している自分の顔を確認してみるか。

「それにしても、冷蔵庫の中にほとんどなにも入っていませんでしたが。普段はちゃんと料理してるんですか」

「いや、最近面倒だから全然。料理ができるってわけでもないしな。カップ麺が多い。でも、米は時々炊いてるぞ？」

「どうせカップ麺でもおかずにして食べてるんでしょう」

「違うぞ、ご飯と一緒に食べる時は袋麺だ。半額になった見切り品のコロッケもよく食べるな」

「せめてコンビニで納豆や卵でも買ってくればいいでしょうに。炭水化物ばかり取ってると身体によくないですよ。栄養も偏ってしまいます。それに、ちゃんと美味《おい》しいもの食べないと、ここぞという時に元気だって出ません」

まるで、今がその時であるかのように心愛が告げてくる。

「部屋の汚さだってそうです。こんな様子だと体調を崩して当たり前でしょう。定期的に綺麗に掃除しないと」

「そんな、病気で弱っている相手を正論で説教しなくてもいいじゃないか」

「ひさびさに部屋に入って見かけたのがこの光景ですから、お小言も言いたくなります。まあ、はやく体調を戻すことですね。回復したら、掃除させてください」

「って、お前がするのかよ」

「どうせ言ったところで悠は掃除をしないでしょう。あと、病院にも行ってくださいね」

「俺が病院に行ってないと、確信しているような口ぶりだな」

「行ったんですか？」

「行ってない」

精神的なものだろうという推測から、病院に行こうとも思わなかったからだ。

「そうだろうとは思いました。悠については詳しいですから」

「それ、ひさびさに聞いた気がするな」

ことあるごとに心愛が言っていた台詞《せりふ》だ。

なにかと俺についてのことを推測したり、先読みしたりしては、彼女はたびたび得意気《とくいげ》にこう言っていたのだ。

「だって、話すのがひさびさですし」

「それはそうか」

はは、と苦笑いする。

そうそう、そうだった。

昔と変わらない雰囲気に飲まれて忘れそうになっていたが、心愛とはしばらく話をしていなかったのだった。

お粥を食べ終えて、薬を飲むと、心愛が食器を流しまで持っていき、それを洗い始める。

「洗い物までしてくれなくていいのに」

「私が気になるだけです。そのまま放置されて、溜《た》めこまれても不潔ですし。悠は休んでいてください」

やがて心愛は洗い物を終えると、冷蔵庫を開けながら言った。

「中にスポーツドリンクとフルーツゼリーを入れてあります。あと、念のため買っておいたパックのご飯もあります。余った食材を切り分けてタッパーに入れてますから、一緒にお湯で煮こんでお粥にして食べてください」

「待て待て、そんなに色々と買いこんできてくれたのか？」

「どうせ体調を崩してもろくな食べものを準備していないと思ってましたし。当たりでしたが」

　ぐうの音も出ない。

「えっと、今現金がないから、お金は明日でもいいか？」

「勝手に買ってきたものですし奢《おご》りでいいですよ。どうしてもお返ししたいなら、今度なにか奢ってくれればそれでいいです」

「流行《はや》りのタピオカドリンクでも奢ってやるよ」

「アイスの方がいいです。まあ、私に恩を返すためにも、はやく体調を治すことですね」

　そう言うと、心愛が立ち上がる。

「じゃあ、そろそろ帰りますね。長居すると、お休みの邪魔になるでしょうし」

「うつしてしまうのも怖いしな」

「帰ったらちゃんと手を洗いますし、うがいもしますから安心してください。では」

　心愛が部屋から出て行く。

　彼女を見送ったあと、鍵をかけて、再びベッドに潜った。

　一瞬、机の上に立ててあった恋人の忘れ形見が目に入ったが、直視しても狼狽《うろた》えないくらいには、心も安定していた。

　電気を消して目を瞑《つむ》ると、食後のせいか薬のせいか、すぐにうとうとし始める。

　俺の意識は、ゆっくりと甘い夢の中に落ちていった。

◆

自分の部屋に戻り、手洗いをしようとしたところで、ふと蛇口を捻《ひね》るのをやめる。

さきほど、悠が眠っていた時に、うっかり握ってしまった彼の手の感触を洗い流すのが惜しくなってしまったからだ。

いや、もう料理の時に洗ってはいる。いるのだが、まだ多少は残っているだろう。

悠に頭をぶつけられた鼻先も、手でさすってみる。先ほど、彼の寝顔を覗きこんでいたところ、突然目を覚まして頭をぶつけられてしまった場所だ。

ここにも、悠の感触がまだ残っているような気がした。

「って、なにをやってるんですか私は」

手を洗い、うがいも済ませて病気を予防する。手洗いは大事だ。これが理由で私が体調を崩してしまったら、馬鹿みたいな話である。

「はぁ……」

リビングに戻ると、いつも使っているはずの八畳間が、やけに広く寂しいものに感じた。悠と話していたせいだ。

2LDK。高校生が一人暮らしするのに贅沢《ぜいたく》すぎるこの部屋は、母の持ち家だった。

半年前、母が仕事でアメリカに転勤することになった時、私はわがままを言ってこの家に残った。友人はこっちにいるし、なにより高校の転入が面倒だ。向こうの大学に行くつもりなんてないし、だったら残った方がいろいろとスムーズなはずである。

進学の話までされてしまえば、ダイヤのように硬い頭を持つ母でも、私の意思を汲《く》み取らざるを得なかった。

父の残したこの部屋も、誰かに貸し出すよりは私に使ってもらった方が安心できる。もしかすると、そんな心情もあったのかもしれない。

なんにせよ、そのおかげで、まだ私はこのマンションに、この部屋に——悠の隣に、住んでいるわけだが。

『そうは言っても、しばらくお前と話してなかったし。大体、俺を避けるようになったのは心愛からじゃないか。嫌われてると思ってたんだが？』

さきほどの彼の言葉を思い出す。

「その通りです。嫌ってましたよ。嫌ってたに決まってるじゃないですか」

だって、彼は自分以外の人間を好きになってしまったのだから。

話していると胸がちくちくと痛み、世界が終わってしまったかのような寂寥感《せきりょうかん》を覚えた。

だから、これ以上、自分が苦しまないように彼を避け、嫌いになることにした。していた。なる——つもりだった。

「……なんなんですか、まったく」

大体、なんであんな相手のことが好きになってしまったのだろう。

偶々《たまたま》同じ病院で同じ日に生まれて、偶々マンションで隣室になって、偶々一緒に遊ぶようになった。

それだけなら、ここまでは好きにならなかったのかもしれない。

子供の頃、物静かな私は、よく男子にからかわれていた。

「なあ、白雪って人形みたいだよな。本当は人間じゃないんじゃないの?」

当時、小学二年生。

あのくらいの年頃の子というのは、無邪気に人を攻撃して遊ぶところがある。地べたを這《は》う団子虫を転がして遊ぶのと、変わらない感覚で。

そして、受ける方もまた、相手の心理や幼さなどといったものを思慮できないため、無邪気な言葉を素直に受け止め、傷付くことになる。

あの時の私は、他愛もない男子たちのその弄《いじ》り言葉に、ちょっとしたダメージを受けていた。あまり表に出すと付け上がるので、無視するように徹していたが、彼らは攻撃をやめなかった。

その光景を偶々見かけていた悠が、私をからかう男子を、子供ながらの無邪気さでぶん殴ったのだ。

当然、喧嘩《けんか》になった。

その時私をからかっていた男子は三人いたので、三対一の取っ組み合いになった。もちろん、多勢に無勢な悠は喧嘩に負けてしまったが、その日以降その男子たちが私をからかうようなことはなくなった。

喧嘩が終わったあと、私は悠に聞いた。なんであんなことをしたのか、と。

「なんとなく」

それだけではない。

その三年後、父を失った私がひどく落ちこんでいた時、悠は私を電車で片道1時間以上かかる有名テーマパークに連れて行ってくれた。わざわざ、貯《た》めていたお年玉を使って。

なんでそんなことをしてくれたのかと、思わず零《こぼ》れそうになってしまった涙を必死に引っこめながら質問した私に、やはり悠はこう返したのだった。「なんとなく」と。

もしかして悠は、私に気があるのではないだろうか。

次第に私は、そんなことを思うようになっていた。

歳《とし》を取り、周囲でも好きな人や恋の話が増えていくに従って、徐々にその思いは強くなり、勝手にそう確信していた。

そう考えるほどに、さらに悠のことを考えるようになって、常に意識するようになった。

今思えば、なんてことはなかった。

惚《ほ》れていたのは、悠の方ではなくて、私だったのである。

そして、その現実を突きつけられたのは、さらに二年後。

中学に上がったあと、放課後の帰り道で、彼がひとつ上の名も知らぬ先輩と仲睦《なかむつ》まじそうに話しているのを見かけた時のことだった。

私は、悠については誰よりも詳しい。だからすぐに気づいてしまった。

彼は、この先輩のことが好きなのだ。

その予感は当然のように当たり、その先輩と同じ高校への進学を決めた彼は、想い人《おもいびと》に告白した後に交際を始めることになる。

同じく、一緒の高校に進学した私のことなんて、見えていないかのように。

その頃にはもう、私は悠と疎遠だった。いや、正確にはいつも彼のことは見ていたけど、距離を置いて、なるべく近付かないように心掛けた。好きを、嫌いに変える。いや、変わった。

私は、そう錯覚していた。

◆

翌日、これまでの不調が嘘《うそ》だったかのように体調が戻った。

そのまま学校へ行こうかと迷ったが、昨晩心愛に病院に行くようにと促されていたことを思い出し、病院に寄ることにする。

なにを言われるかわかったもんじゃないしな。昨晩の何倍ものお小言が飛んでくるのは間違いない。俺はそれなりに心愛に詳しかった。なんだかんだ付き合いが長いもの。

まあ、その前に飯だ。あいつが用意してくれたパック飯と切り分け済みの食材を使って朝食を作る。

　ありがたくお粥をいただいた後、心愛に体調がよくなったことと、病院に向かうことを告げるためPINE《メッセージ》を送った。

『そうですか』

　そっけなく、短めのメッセージだけが返ってくる。

　やっぱり、まだ嫌われてるのかね。

　まあ、心愛が言ってたとおり、時間の経過で人間関係や他人への好感度なんてものは、いくらでも変わってしまうのだろう。

　病院では『疲労からくる風邪』と診断されて、念のためにと風邪薬も渡された。熱も下がっているため、そのまま学校にも行っていいとのことだ。

　平日の昼。人通りの少ない街路を歩いて、普段とは違う静かな学校に着く。

　教室で授業を受けている他の生徒たちにちょっとした優越感を覚えながら、『2－3』と表記された自分のクラスのドアを開いた。

「明日香河《あすかがわ》、川淀《かわよど》去《さ》らず、立つ霧の、思ひ過《す》ぐべき、恋にあらなくに――と、あらあ？」

　授業をしていた古典教師かつ担任の紙代《かみしろ》先生が、教科書を音読するのをやめ、嬉《うれ》しそうに微笑《ほほえ》む。

「おおおおお、よかったあああ。体調戻ったんですね。心配してたんですよ？」

「ええっと、心配かけてすみません」

「教師は生徒を心配するのが仕事ですよ。ま、安心してください。これからビシバシと、ハイスペックな授業で高みに導いて差し上げますから」

「あはは、ありがとうございます」

ノリがよすぎる担任のテンションに若干引きながらそう返し、窓際一番後ろにある自分の席に向かうことにする。

「くううううう……なんてことだ～。塩対応されてしまった、休み明けの生徒にフレンドリーに接する私に対してこの仕打ちはエグい」

席に着いたところで、隣の席の風間《かざま》が声を掛けてきた。

「なっちゃん先生が困ってるぞ。もっと丁寧に相手してやらなくていいのか？」

着物姿の教師の名は紙代なつめ、だからなっちゃん先生だ。

学生に対してもフレンドリーに接してくることからこんな呼ばれ方をしているが、決して舐《な》められているわけではない。親しみの証《あかし》である。

「あれ以上にどう返せと。病み上がりで高いテンションに付き合う余裕もないんだよ」

「捻くれ者め。美人教師の温情を無視するなんて許せねえ。美人教師に心配され絡まれる喜びがお前にはわからんのか。オレなんてなるべく心配されたり怒られたりするよう、なっちゃんに迷惑をかけるよう心掛けて生きているというのに」

「厄介生徒かよ」

「はっ。今を逃すと、この青春はもう二度と戻らないんだぜ。喧嘩も青春も一度きり、だ

ったらてっぺんを狙うまでよ」

「青春が歪《ゆが》みすぎか」

風間は不良でありオタクだ。俺にはついていけないが、風間的には、てっぺんは譲れないってやつなのだろう。

なにはともあれ、こうして俺の高校生活は再開されることになったのだった。


「ゆっちー、体調治ったのー？」

四限目を終えると、クラスメイトの春日井《かすがい》が、ご自慢のポニーテールを揺らしながら俺の席にやってきた。

俺のことをゆっちーと呼ぶ美少女は、春日井蛍《ほたる》。

天真爛漫《てんしんらんまん》で快活な性格、つまり陽キャ。そして、冴《さ》えない陰キャである俺ですらも病気で休めばこうやって心配してくれる、仏のような心の持ち主でもある。

「おかげさまでな。心配してくれてさんきゅー」

「ねえねえ、さんきゅーってキャラじゃなくない？　ゆっちーってば、くっそ面白い」

春日井がけらけらと笑った。ちょっと下品な言葉づかいがまあ親しみやすく、この態度に勘違いして玉砕した人間も多いとか。

春日井と話していると、隣の風間も混ざってくる。

「沢渡、学食に飯行かねー？　春日井も一緒に来るか？」

「どうしようかにゃー。わたしはいつもの面子《メンツ》で食べるってもう決めちゃってるしにゃあー」

「もう決めちゃってるじゃないか。じゃあ行こうぜ、風間」

風間と教室を出る。そこで、つい昨晩話をしていた見知った顔の女子生徒を見かけた。

「あ……」

「心愛、どうしてここに？　誰かに用事か？　それとも、もしかして——」

「ち、違います！　悠の様子を見に来たわけではないですから！　そうではなくて、その……ちょ、ちょっと心配だっただけですから！」

心愛は、あたふたと慌てた後、急いで逃げるようにこの場を走り去って行く。

「へえ、今のって白雪だろ？　沢渡、あいつと知り合いだったのか」

「幼なじみなんだ。風間の方こそ、心愛のことを知っているのか？　一年のときに同じクラスだったとか」

俺と風間が一緒のクラスになったのは二年になってからだ。俺が知らないだけで二人は同じクラスだったのかも知れない。

「いや、クラスは別だが、うちのクラスの春日井と並んで男子人気で有名だかんな。一部では、その美しい容姿と名字から、雪原の妖精《スノーフェアリー》とも呼ばれている」

「マジかよ。つーか、誰がそんな恥ずかしい二つ名を与えているんだ？」

「こういうのあった方がかっけえだろ？　オレが言い出したら広まっちまってな」

「お前かよ」

「春日井に相応《ふさわ》しい名はまだ思いつかなくてな。なにか相応しい名は思いつかないか？」

しらんがな。

しかし、心愛がそんなに人気ある、ねえ。

言われてみれば、心愛は可愛《かわい》いし人当たりがよい。俺に対する当たりは冷たく辛辣だが、他の人間に対しては猫を被《かぶ》って対応する要領のよさも持ちあわせていた。

なるほど、そう考えると人気が出ないわけはないのか。そういう対象で見ることがなかったから意識しなかったけど、そう言われてみればそうだ。

でも、誰かと付き合ってるみたいな話は聞かないよな。どうなんだろう。

部屋にあげて、飯までつくってもらって、もし彼氏がいたとしたらなんだか申し訳ないな。

そんなことを考えながら、ひさしぶりの授業を受けた。

◆

最後の授業が終わると、風間が声をかけてきた。

「沢渡、今日はこの後なにか用事があるのか？」

「特には」

「だったら一緒に本屋でも行かねえ？　今日さ、『萌《も》え萌《も》えプリン地獄車』第一巻の記念すべき発売日なんだ。読み終わったらお前にも貸してやるからさ」

「いや、いい。つーか昨日、お前から押しつけられたエロ本のせいで酷《ひど》い目にあったんだが」

心愛に白い目で見られた『死ぬまで甘えさせてくれる……綺麗なお姉さん地獄編～この世の果てでバブウと叫んだ漢《ケダモノ》～』は風間から借りたものだ。

つーかこいつ、不良キャラと趣味が全然嚙《か》み合《あ》ってないというか、ガチのガチにオタクだよな。

俺もオタク趣味はある方だが、それでも風間にはかなわない。まあこういう趣味だからこそ、俺のような陰キャともつるみたがるのだろうが。

「はあ、またエッチな本を買いに行くんですか？」

と、教室を出ようとしたところで。俺たちの会話を、冷たくも聞き慣れた女性の声が遮った。

「買いに行くとは言ってないだろ。というか心愛、どうしたんだ？　俺に用？」

「……奢りの約束がありましたから。アイス、連れて行ってくれるんですよね。他に用事があるなら、別の日にしますが」

「ああ、そういえばそうだったな。でも今日は風間《こいつ》と本屋に行く約束しちまったんだよな。また日を改めてってことでもいいか？」

するど、風間はちょっと考えるようにして。

「あー……そういえば、友達に遊び誘われていたことを思い出したわ。そういえば用事があったわ。そうだったそうだった。いやー、すまんなー。今日は本屋行けそうにないわ。付き合えなくてごめんなー？」

「いや、本屋に誘ってきたのはお前だろ？」

「じゃあまたな！　おふたりさん！」

そう言うと、風間は走り去るようにしてどこかへ行ってしまった。

「なんだあいつ」

「………………」

心愛の方を見ると、ほんのりと頬を赤くしながら、風間が走り去った方を不機嫌そうに見ていた。

「もしかして、ああいう奴がタイプなのか？」

「え……？　は？」

「いや、顔赤いからさ。惚れたのかなって」

「………………」

心愛が、信じられないようなものを見る目で睨《にら》んでくる。

な、なんだ？　俺、なにか変なことを言ったか？　いや、本気で言ってるつもりはないんだぞ？　昔のような、何気ないからかいのつもりでしかないんだが。

すると心愛さん、俺を置いてスタスタと歩いて立ち去ろうとする。

「え？　いや、今のは冗談だぞ。なんでそんなに怒ってるんだ」

「…………」

「無視かよ！　ちょっと、ちょっと、ちょっと待って！」

慌てて心愛の歩く先に回りこんだ。

「あー……とにかくお前が怒ってるのはわかった。というか以前から、怒らせちゃってたみたいだしな。鈍感ですまん」

深く頭を下げる。

理由はわからないものの、心愛を不快にさせてしまったのは間違いないようだ。こういう時は黙って謝るに限る。

「ちょ、ちょっと、こんなところでなにをやってるんですか。恥ずかしいから頭を上げてください。もういいですから！」

頭を上げると、まわりを歩いていた生徒が、こいつらなにをやっているんだろうという視線をこちらに向けていた。

「は～……もう、デリカシーがないというかなんというか。なんで私は……は～、も――……」

心愛が、がっくりと肩を落とした。

なんだなんだ、怒ったり落ちこんだり、めまぐるしい感情の変化を見せてくれるが、俺にはなにがなんだかわからない。

　わかるのは、やっぱり俺は鈍感だということくらいか。

「とりあえず、大丈夫ですから。奢ってくれるのでしょう？　アイスを食べに行きますよ」

「あ、ああ」


　学校と家のちょうど真ん中くらい、十分ほど歩いた位置にある繁華街。

　心愛に引率されるように歩いて向かったのは、その一角にある、最近できたロールアイス専門店だった。

　店頭では、店員が冷えた鉄板の上でアイスクリームを薄く延ばし、それを筒状に丸めてカップの容器に並べていた。

　別の店員がロールアイスの敷き詰められたカップを受け取り、生クリームやクッキーなどのトッピングを行って客に渡す。

　俺は店員から二人分のアイスを受け取ると、店内のテーブルで待っていた心愛のところに行って片方を渡した。

　心愛がスマホを取りだして、カップにカメラを向ける。

「やっぱり、ここのアイスは可愛いですね。最高です。癒《いや》されます」

「ウィンスタにでもあげるのか？　女子はほんと好きだよな」

「違います。やってませんよ、あんなリア充が知り合いにマウント取るためだけのイキりアプリ。ただ写真を撮っているだけです。深い意味なんてありませんから」

ちょっとだけ含みのあるような言い方で心愛はそう言うと、スプーンをカップに伸ばしてアイスをひとすくい。

小さな口を精一杯開けて、掬《すく》ったアイスを放りこんだ。

「う〜ん、美味しいです」

冷たそうにしながら、でも幸せそうにアイスを食べる心愛。

こんなに喜んでくれるなら、奢った甲斐《かい》もあったというものである。

「ま、お粥だけじゃなくて買い出しもしてもらってたし、また奢ってやるよ。いや、奢りじゃなくてお礼なのか。代金的にも釣り合わないだろう？」

「細かい金額なんて気にする必要ないですよ。それを言い出すと、私だってずっと昔に奢ってもらった金額を返せてないですし」

「ずっと昔？　――ああ、もしかしてデッデニーランドを奢った時のことか？」

「意外です。ちゃんと覚えてたんですね」

心愛が、びっくりしたような顔でこちらを見た。

「そりゃ覚えてるさ。まあ、あの時は色々あったよな」

心愛のお父さんが亡くなって、ひどく落ちこんでいて。

俺はこいつを励ますために、彼女の好きなテーマパークまで貯金をはたいて連れて行ったんだよな。

「そっか、覚えていてくれたんですね……そっか」

何度も嬉しそうに、呪文のように反復して呟《つぶや》く心愛。

「そっか、そうなんですね」

「なんだなんだ？　俺なにか変なことを言ったか？」

「いえ、気にしないでください」

なぜか嬉しそうに、笑っちゃったりしてるし。

結局、心愛がなんで嬉しそうだったのかは、よくわからないままだった。

◆

『冷食の担々麵《たんたんめん》　～山盛りの白米を添えて～』

そんな優雅な夕飯を済ませた俺は、風呂に入った後、夜風を浴びたくなってベランダに出た。そして、なんとなく夜空を仰ぐ。

べつに気取ってるわけでも、格好つけてるわけでもなければ、星を探しているわけでもない。というかこのあたりだと、星なんて綺麗に見えないしな。

田舎の方だとよく見えるって話だが、あいにくここらは都会に分類される。地上の明るさに、黒にちりばめられたはずの煌《きら》めきが、淡くぼかされてしまうのだ。

でも、俺はそんな、人間の照らした光が侵蝕《しんしょく》する、明るい夜空を見るのが好きだった。

——ガラガラ。

そうしていると、隣の部屋のベランダに、誰かが出てくるのがわかる。

「夕ご飯、食べました？」

壁を挟んだ、隣のベランダ。

顔は見えない向こう側から、心愛の声が聞こえた。

「食べたぞ。冷食に白米の豪勢なセットだ」

「はあ、偏食するなと言ったばかりですのに」

「心掛けてるつもりだが。でも、毎食バランスよくなんて、無駄に金もかかるし難しいだろ？　少しくらいは自炊もやろうと思ってるけどさ」

「買う時に、少し炭水化物を減らして野菜を取り入れるように気をつかってください」

「炭水化物を減らすなんて、腹が減ってしまうだろ。というか、心愛は涼みにきたのか？」

「そんなところです。悠は……気取ってましたね。はい。間違いありません」

「……俺も涼みにきただけだよ。つーか、俺がそんなキザ野郎に見えるか？」

「おかしいですね。悠はここぞという時にキザっぽくなると、私の辞書に記録されていますが」

こほんと、心愛が咳払《せきばら》いをして続ける。

「星のような特別なものに頼らなくても、地べたから照らす幾重もの光が暗闇を晴らせるのだと知れば、それほど心強い現実もないものだ——でしたっけ」

「……あ……」

「これ、昔、悠が私に言った言葉ですよね」

「………」

確かに昔、心愛が落ちこんでいた時に、そんな話をして励まそうとしたことがある。

「どうやら、思い出せたようですね」

「だって、あの時は、なにを喋っていいかわからなくて……その……俺なりに、必死に考えてたんだよ。だいたい、心愛の辞書ってなんだよ。俺が辞書に載ってるのか？」

「そんなの決ま――こほん。……そんなこと、今はどうでもいいでしょう。問題にしているのは、悠がキザかどうか、です」

「それこそどうでもいい話題じゃないか」

「確かに、それはどうでもよかったです。それはどうでもいいですけど、そうではなくて……」

なんだ？

まだ心愛は、なにか言いたそうにしているが。

「……その、だから、そのうち元気は出ると言っているんです。べつに特別なことがなくったって、次第に気分は晴れていくものです。嫌なことがあっても、いつかきっと、元気は出ますから」

ああ。なるほど、どうやら心愛は、俺を励まそうと思って、昔俺が彼女に伝えたキザな言葉を掘り起こしてきたらしい。

「ありがとう。おかげで元気出たよ。まさか心愛に励まされるなんてな」

「なんですかそれ。私に励まされることが、そんなに不服だと」

「違う、逆だ。嫌われてると思ってたし嬉しいんだよ。昨日、お前に看病されて体調も治ったしさ。元気になれたのは心愛のおかげだ。ありがとう」

「なっ……！」

壁の向こうで、心愛が何故《なぜ》か絶句しているのがわかった。

あれ、俺、なにか変なこと言ったか？

「はあ……あなたはそうやって、突然キザですし、唐突に素直すぎます。そういうの、心臓によくないです」

「え？　なんで？」

「なんででも、です。とにかく、元気なら安心しました。夜風を浴びすぎて、風邪を引かないように気をつけてください。また体調崩しても、絶対に看病してあげませんから」

心愛が冷たくそう告げてくる。

そして、壁の向こうから足音と、ベランダに続くドアを閉める音が聞こえた。どうやら、彼女は部屋に戻ったようである。

「何だったんだいったい……」

心愛の理不尽な怒りと態度に不可解さを覚えながら、もう一度夜空を見上げた。

「星のような特別なものに頼らなくても、地べたから照らす幾重もの光が暗闇を晴らせるのだと知れば、それほど心強い現実もないものだ——ね……」

しかし、まさか過去の自分の言葉に励まされるとは。

それにしても……。

「あいつ、俺の言葉をよく覚えてたな」

それだけ相手の記憶に残っていたなら、キザになった甲斐もあったというものである。

「俺も部屋に戻るか」

そう呟いて、もう一度夜空を見上げてみる。

頭上に広がる、人の光に照らされて白みがかった黒い海。

たとえば、今日の放課後遊びに誘ってきた風間や、昼休みわざわざ話しかけてきた春日井だって、俺のことを心配してのものだった。

そして、看病しにきてくれて、今こうやって話しかけてきてくれた、心愛だって。

じんわりと、心の奥があたたかくなっていくのを感じる。

「昔の俺、結構正しいこと言ってるじゃん」

そんなことを呟きながら、俺は部屋に戻った。

◆

ベランダでの会話を思い出しながら、先ほどのことを軽く後悔していた。冷静を装うつもりだったのに、そういう態度は表に出さないと決めているのに。

『昨日、お前に看病されて体調も治ったしさ。元気になれたのは心愛のおかげだ。ありがとう』

なのに、彼を励ました際、らしくない素直すぎる彼の言葉を向けられて、思わず動揺してしまった。

いや、本当はわかっていた。悠はぶっきらぼうで粗暴に振る舞うが、本来は礼儀正しくなによりも素直な人間だ。

彼は心の底から感謝を示すとき、普段の態度からは考えられないような、優しくて真っ直《ま す》ぐな礼を告げる。普段の悠らしくはないが、それもまた悠らしいのだ。

そんなこと、知っていたはずじゃないか。だって、私は悠に詳しい。

「あ～……も～……」

べつに、さきほどの私の態度を、悠はなにも気にしてはいないだろう。だが、敗北感があった。

彼に自分の好意を悟られないように心掛けると決めたあの日から、表に出さないように気をつけていた感情のはずだった。だったのに、油断するとすぐに溢《あふ》れてしまう。

「己の敵は己。厳しく律せよ、恋捨てよ乙女」

……私はなにを言っているのだろう。

思えば、今日は敗北続きだった。学校での昼休み、悠のことは気にしないつもりだったのに、自然と彼の教室へと足が向いていた。

ここまで来たのだしと、そっと様子を窺《うかが》って帰ろうと思ったら、偶然学食に向かっていた彼と出くわして逃走することになった。

放課後は、柄の悪いクラスメイトにも気をつかわれた。

しかもよりにもよって、悠はその柄の悪い生徒に私が惚れているのではないかなどと、からかってきた。

今思い出すだけでも腹が立つし、その言葉にあんなに反応して腹が立ってしまった自分になによりも腹が立つ。

「うううううう〜……！」

膝を曲げ、枕を抱きしめ、悶絶《もんぜつ》しながらベッドの上で転がり回る。

本当に本当に本当に本当に本当に本当に本当に本当に本当に本当に本当に本当に本当に本当に本当に腹が立つし、胸の中がざわついて恥ずかしい。

ああもう、なんだと言うのだ。きっと、今の私の顔は、りんご飴《あめ》のように真っ赤に染まっていることだろう。

「……でも、私の恥で悠が元気を出せたのだと思えば、それでもいいのですかね」

悠がベランダに出る音を聞いてからは、衝動的だった。夜風なんて心地のよいものに当たっていては、否《いや》が応《おう》でも、心地のよかった時間のことを、思い出してしまいかねない。

そんなことになれば、悠はきっと、またつらい気持ちで胸がいっぱいになって、落ちこんでしまうだろう。そうなってしまう前に声をかけて、元気付けようと思ったのだ。

「うん、元気になってくれているなら、それで」

嬉しくなるのがわかる。

笑顔になるのがわかる。

好きが溢れてくるのがわかる。

枕元に置いていたスマホを手に取って、夕方撮ったロールアイスの写真を眺めた。昔から、私はアイスが好きだ。

触れると冷たいくせに、口の中に放り込めば甘くて優しく、私に染みこむようにして溶けるその感じが、誰か《悠》さんにそっくりだからだ。

『ウィンスタにでもあげるのか？　女子はほんと好きだよな』

『違います。ただ写真を撮っているだけです。深い意味なんて、ありませんから』

深い意味なんて、ない。

ただ、悠に奢ってもらったアイスというだけで、写真を撮ってしまいたくなってしまった。それだけの話である。

衝動的に、アイスが映った写真にちゅっと口付けする。

思わず、にま～～と頬が緩んだ。

「って、私はなにをやっているのですか……」

やってしまった後で、自分の痛さに心底がっかりする。この光景、絶対に誰にも見られたくない。キモすぎる。私キモい。

「そ、それはさておき。さておきですよ。それにしても、昨日小言を言ったのに、相変わらず不摂生な食生活をしているみたいでしたが――」

病み上がりが重要なのだ、ちゃんと食事をしないとまた体調を崩しかねない。お節介にも、そんなことを思ってしまう。

……そういえば。

戸棚の奥、悠と同じ高校に進学した時、使う機会があればと思って用意したアレが有ったことを思いだした。

今思えば、距離を置いておきながら、使う機会がいつかあるかもなどと、あんなものをうっかり買ってしまう自分の行動が痛くて仕方がないけど。

でも、これはちょうどよいタイミングなのではないだろうか。一度も使わないなんて勿《もっ》体《たい》ないし、チャンスがあるなら活用すべきである。

私は電気を消すと、アレを使う覚悟を固めながら、静かに目を瞑った。

◆

ブロック形の栄養補助食品という優雅な朝食を済ませると、来客を報《しら》せるチャイムが鳴った。インターホンのモニタを見れば、制服を着た心愛が欠伸《あくび》をしているところが映る。ドアを開くと、少し眠たげな表情の心愛が、表情を変えずに軽くお辞儀をした。

「おはようございます」

「……おはよう。で、どうしたんだ？」

「寝坊してないか心配だったので」

「しないぞ。俺が朝に強いのは心愛も知ってるだろ」

「人は慣れないことをすると疲れるものです。昨日はひさびさの登校で疲弊したでしょう。それに、昨日したからといって、今日もできるとは限りませんから」

「引き籠もりを心配したわけか。大丈夫だ、ちょうど歯磨きも済ませたところだしな。社会復帰は目前ってわけよ」

「それはよかったです。じゃあ、まだ時間は余裕ありますし、ゆっくりと通学の準備でも済ませてください。私はここで待っていますから」

「おう」

そう返して部屋に戻り、準備を進めた後で、はてと首を傾《かし》げた。待て、心愛は俺と一緒に学校に行くつもりなのか？　どうしていきなり……。

準備をして部屋を出ると、心愛が先ほどと同じ様子で待ち構えていた。

「なあ、本当に一緒に通学するのか？　下校時ならともかく、一緒に登校してもアイスを奢ることはできないが」

確認すると、心愛はいつもの蔑むようなじとーっとした視線で俺を睨む。

「はぁ、アイスを奢ってもらうために一緒に行こうと言ってるわけじゃありませんよ。まったく、私をなんだと思ってるんですか」

「じゃあなんのために？　もしかして俺が一人で通学するのが怖いのか？　いやいや、そこまで心配してもらわなくても平気だって。学校くらいはちゃんと一人で行ける」

「特に理由なんてありませんよ。今から私たちが向かう場所は同じ学校です。同じ場所に向かう人間同士が、今こうやって同じ場所にいる。これで別々に通学する方が不自然でしょう」

「それは確かにそうだが」

だったら、これまでも一緒に通学していたはずでは？

まあ、俺には彼女がいたし、なにより心愛には嫌われていたっぽいしな。でも俺は失恋したし、何故かはわからないが心愛も俺に多少は気を許してくれたらしい。

状況は変わったということなのだろう。

部屋を出て施錠して、マンションのエレベーターを降りて外に出る。心地のよい朝の空気を感じながら、学校へ向かう街路を歩いた。

「そういえば、昔はよくこうやって一緒に登校したっけ。中学に入ってから少しくらいまではやってたか？」

「正確には、小学校低学年の時と、中学の最初一年とちょっとくらいですね」

「よく覚えてるな」

「当然ですよ」

断言する心愛。

なにが当然なのかはわからないが、記憶力の誇示のようなものだろうか。

「そういえば、小学生の頃はどうして一緒に通学しなくなったのかが思い出せないな。なんで一緒に行かなくなったんだっけ？」

「それは……からかわれたからですよ」

「からかわれた？　あー」

そうだった。

恋愛やらなんやらの話題がクラスでも行われるようになった思春期なお年頃、同じクラスの生徒たちに、俺と心愛の関係をからかわれたのだ。

曰《いわ》く、付き合っているだの、なんだのと。

「思い出した。俺は別に気にしてなかったんだが、それでお前が一緒に行けないって言い出したんだよな」

「あの時は気にしてたんですよ、凄《すご》く」

「そんなの気にしなければいいんだよ。怒るのなんて無駄なエネルギーなんだから」

「私としては、それも心配だったんです。昔の悠は、すぐにそうやって手を出そうとしましたから」

「いや、俺がバカにされるくらいだったら気にしないからいいんだけどさ。お前が嫌な思いをしていたら、気持ちのいいものではないし」

「なっ、だから、そういうところが――！」

「そういうところが？」

「な、なんでもないです！」

「なんなんだ一体。俺に気に入らないことがあるならしっかり言ってくれていいんだぞ？直すかはわからないが、善処はする」

「そういうのじゃありませんから。……こっちこそ、なんなんですか……」

心愛はなにか怒っているようだが、一連の会話からどこに彼女を怒らせるポイントがあったのかさっぱりわからない。

長いこと嫌われていたし、ひょっとして、俺は自分で思っている以上にデリカシーというものがないのだろうか。

心愛の心情は難しい。

「そ、それはそうと――」

「うん？」

心愛が、なにか意を決するように、すうっと息を吸い込む。

「悠は、今日のお昼はどうするんですか？」

「学食の予定だけど。お金節約したいし、適当にパンでも買って喰《く》うかな」

「お弁当をつくってきたと言ったら、どうします？」

「……え？　俺の弁当？　心愛が？　どうして？」

「今日、自分の分をつくる時に、多くつくりすぎてしまったんですよ。だから、どうかなって思っただけです」

「いや、もらえるならそりゃ嬉しいけど」

混乱する。わざわざ看病してもらって、今度は弁当まで？　心配してもらえるのは嬉しいけど、ひょっとして……。

「まさか、利子をつけてアイスを奢らせるつもりじゃ」

「そんなことしませんよ！　ああもう、いらないならいいですよ。あげませんから！」

「いや、欲しい。欲しいよそりゃ。学食のパンなんてもう飽きてるしな。でも——なあ心愛、なにを企《たくら》んでいるんだ？　本当のことを言ってくれ」

「だからなにも企んでいませんって！　はあもう、やっぱりいいです。だったらあげませんん。今日のお昼は自分で二個食べます。ドカ喰いします。嫌がってる相手に無理矢理食べさせる趣味はありませんし。太ったら悠のせいですね」

え、マジで言ってるの？　本当に、なにも企んでいない……？

「えっと、くれるならありがたく頂戴します。心愛さんのお弁当が食べたくて仕方がないです。俺のために太らないでください」

「ま、そこまで言うなら仕方がないですね。では、お昼休みになったら、悠の教室に伺いますから」

一瞬ホッとなったが、すぐに他の問題に気付く。ええっと、昼休みに弁当を持って心愛が教室にくるってこと？

マジで……？


昼休みになると、朝に話していた通り教室に心愛がやってきた。心愛は迷うことなく俺の席にやってくると、弁当箱を俺に向かって差し出す。

「昼食の配達にあがりました」

「本当に来たのか」

「そりゃ来ますよ。約束しましたし」

蔑んだ視線を向けてくる。そして、「はぁ」と大きく息を吐いて。

「でも、安心しました。大分昔の軽いノリが戻ってきましたね。親しき間の礼儀が無くなってきました」

「礼節は文化や間柄で大きく異なるものだ。俺は幼なじみの文化圏を取り戻しているだけだよ」

軽口を叩いていい相手だと、この数日で認識できたからな。

幼なじみとはいえど、距離を置かれている相手に馴《な》れ馴《な》れしくなれるほど、俺は肝っ玉が据わっていない。

まあ、それはともかくとして、だ。

「というかさ、思ったんだが。弁当を朝受け取れば、わざわざ昼休みに配達しなくて済んだんじゃないか？」

「そ、それはそうでしたが……私に持ってこられるのが迷惑ということですか？」

「そうじゃなくて、お前だって手間だろうし、なによりさ」

クラスメイトたちが好奇の視線でこちらを見ていた。昨日、風間に教えてもらったが、心愛はちょっとした有名人だったらしい。

そんな女子が教室に入ってきたとなれば、クラスの奴等《やつら》（特に男子）は様子が気になって当然だろう。無論、俺との仲を怪しむやつもいる。

ようやく状況を自覚できたのか、心愛の頬が火照って真っ赤に染まった。

「き、気にしなければいいじゃないですか！」

「まあ俺はそうだけど。お前はそういうのを気にするタイプだって思ってたから」

「た、確かに昔はそういうことがありましたが、私はもう高校生ですよ。変なからかわれ方でもしない限り、笑って過ごせるくらいの余裕もあります！」

いや、どう見ても気にしてるじゃないか。というか顔を真っ赤にして恥ずかしそうにしているけど……この事態が想像できなかったんだろうな。

「細かいことは気にしないでください！」

「そうだぞそうだぞ。そんな細かいことを気にしているとモテないぞ」

と、風間のことを考えていると、隣の席に座る当人が話しかけてきた。

「しかし幼なじみの手作り弁当か、羨ましすぎて憤死しそうだぜ。オレも欲しいなー、幼なじみ。どっかにいねえかな、オレの幼なじみ」

「お前が知らないならいるはずないだろう」

「はっ、てめえは小さい男だな。自分の可能性も信じられねーのかよ」

「過去を捏造《ねつぞう》できる自分の可能性ってどんだけ高く見積もるんだよ。人の大小を通りこして現実が見えてないだろ」

「わかんねーだろ？　オレが覚えていないだけで、実は幼なじみがいるのかもしれない。たとえば、小さなケーキ箱があるとする。中に幼なじみが入っているかは、開けてみるまでわからないだろう？　つまり、シュレディンガーの幼なじみってわけだ」

「なにがつまりなのか全然わかんねーし、ケーキ箱に幼なじみは入んねーよ」

「まあ、冷めた現実主義者の沢渡は置いといて。白雪さん、ちーっす。昨日の放課後ぶり。オレは風間。風の通り道と書いて、風間だ。よろしくな」

書かないだろ。間はどこにいったんだ。

「どうも、白雪です」

ペコリと、心愛が頭を下げた。

「なになに？　今日は大所帯で昼飯みたいな流れなの？　わたしも混ぜてもらっていい系だったりするのかな、これ」

春日井まで席にやってきた。

「いや、べつに一緒に昼食というつもりでもなかったんだが……」

「でも白雪さん、お弁当二つ持ってきてるよ」

そう言われ、心愛が自分の分の弁当も持っていることに気付いた。あれ……もしかして、心愛は俺と一緒に食べるつもりだったのか？

「あ〜、それとも二人で食べるつもりだったのかな。風間くん、わたしたちは邪魔しないように退散しましょうか」

「ま、待ってください！　そんなことはありませんから！　ただ私は、弁当を届けて別々に食べるというのも、なんか変だなと思っただけです。先客がいるのであれば、教室に戻るつもりでしたが！」

心愛が、顔を真っ赤にして春日井の言葉を否定する。やっぱり、こういうからかいが苦手なんじゃないか。全然笑って余裕そうに過ごせてない。

「よければ、二人も一緒に食べましょう」

「じゃー、そうしようかな。風間っちはどうする？」

「んや、残念ながらオレは弁当がないから学食だ。白雪さんはオレの席使っていいぜ」

風間はそう言い残すと、自分の机を俺の机にくっつけて、教室から出て行った。

そんな風間をよそに、春日井は自分の席から椅子を持ってくると、合体した俺と風間の机に向かい合うように置く。

「じゃあ、ここで三人で食べよー！」

「お、お邪魔します」

心愛は風間の椅子に座り、三人で弁当を置いて机を囲んだ。

「しかし沢渡くん、両手に花だね。この学校で美少女として有名なわたしと白雪さんとダブルでデートな食事なんて、明日から男子生徒に命を狙われてもおかしくないうらやまハーレムっぷりだよ、まったく！」

「自分で自分の男子人気を恥じらいもなく誇れる春日井の堂々とした性格を、俺は心底尊敬するよ。それにしても、当然のように心愛と話してるけど、二人は知り合いだったのか？」

「一年の時に同じクラスだったのよね。って、ゆっちーってば、クラスメイトと幼なじみの一年の時のクラスもわかってないの？　他人に関心なさすぎじゃない？」

「心愛のクラスは覚えてるが、そこに春日井がいたことは認識していなかった」

「まっ！　ゆっちーにとってわたしはその程度の女だったのね。あたしゃショックだよ……」

いやだって、その頃知り合ってすらないし。

「え……」

すると、隣の心愛が小さく声をあげた。

「心愛、どうしたんだ？」

「い、いえ、私のクラスを悠が知っていたことに驚いてしまって」

「確かに、あの頃は心愛と疎遠だったけど、一応幼なじみやってるわけだろ？　同じ高校に進んだら、そりゃどこのクラスになったのかくらいは調べるさ」

「そ、そうですか……」

心愛は頬を赤くすると、照れ臭そうに視線を逸らして弁当箱を開け始める。なんだ？　俺が覚えていることがそんなに嫌——という反応ではないよな。そんなに嬉しかったのか？

てっきり嫌われていたものだと思っていたが、ううん……。

「あ、ゆっきー、めっちゃ嬉しそうだね」

「違いますから。あとゆっきーってなんですか」

「今付けたニックネーム！　白雪の雪で、ゆっきー。ゆっちーとお揃《そろ》いみたいでよくない？」

「よくないです！」

俺としても、紛らわしいからべつの呼び方にして欲しい。

「それにしても、ここっちって女子力高すぎ。弁当めっちゃ美味しそうでビビるんだけど。料理得意なの？」

心愛のつくってきた弁当を眺めて、春日井が感嘆する。どうやら、心愛のことはここっちと呼ぶことに決めたみたいだ。

確かに、心愛のつくってきた弁当は控え目に言っても、めっちゃ美味しそうだった。

俺のものは長方形の大きめの二段弁当箱、心愛のは俺のものより一回り小さな楕円形《だえんけい》の同じく二段弁当箱。二段のうちの片方にはゴマふりかけのかかった白米が、そしてもう片方の段には所狭しと彩り豊かなおかずが並べられている。

「ほとんど冷凍食品ですよ。最近のものは自分でつくるより美味しいくらいなので」

「でも、この卵焼きはここっちの自作でしょ？　このアスパラの和《あ》え物《もの》も。ウインナーだってちゃんと切れ目が入ってて芸が細かい」

「卵は普段から買い置きがありますし、アスパラは昨晩の残りものです。ウインナーだって大した手間じゃありません」

「それを大したものでないって言い切るのが凄いんだよ。いつも料理している証拠じゃん」

春日井の絶賛に、心愛が照れてみせる。

二人の様子からするに、元クラスメイトではあったにしろ、これまではそこまで親しい間柄というわけでもなかったみたいだ。

「俺も春日井に同意するがな。心愛は料理が上手《うま》い。二日前につくってくれたお粥だって上手かったぞ？」

「え、ここっちって、ゆっちーにご飯をつくってあげるような仲なの⁉」

春日井が、目を爛々《らんらん》とさせた。

心愛が、面倒な話題を振りやがりましたね、と言いたげに、俺の方をジトリとした目付きで見てくる。

……確かに、その話はしない方がよかったかもな。うん。からかわれる原因をつくってしまった気もする。

「風邪でダウンしているという話だったから、お見舞いついでに作ってあげただけですよ。ろくにご飯も食べずに死なれては面倒ですし」

「ほえー、めっちゃ羨ましっ。わたしもここっちにお見舞いされるために風邪引こうかな〜。ねえ、ゆっちー、まだウイルス残ってない？　わたしにうつしてよ。はい、あ〜〜ん」

「うつさねーよ。というか人の口に箸を向けるな、行儀も悪いから」

「しかし、あれだね。この調子だと、ゆっちーすぐに復活しそうだね。本当によかったよ」

「復活って……ああ、まあもう随分と調子がよくなったけどな」

「それってやっぱり、ここっちのおかげ？　食事って大事だもんね。美味しいものを食べたら、それだけで気分が明るくなるものだし。美味しいって、心に栄養があるものだから」

自然と、臆することなく、人によっては照れが混ざりそうな言葉を春日井が口にする。

言葉を選ばずに言えば、春日井は馴れ馴れしく、それでいてどこか馬鹿っぽい喋り方をする。でも、そんな仕草は、他人が気さくに接するための彼女なりの気づかいなのだろう。

落ちこむ陰キャに目をかけて、さり気なく励まそうとしてくる少女は、なるべくして人気者になった聡明《そうめい》さを持っていた。

「んじゃ、食べよっか。いただきます」

手を合わせ礼をする春日井に釣られて、俺も「いただきます」をする。心愛の弁当は、見た目通りに美味しく、思わず「美味い」と声を漏らした。

「それはよかったです」

俺の呟きに、心愛は得意気な明るい声色でそう応えた。

◆

すべての授業を終えたホームルームの最中、心愛からのPINE《メッセージ》が届いた。

『夕飯をつくってあげます。買い物に行きましょう』

……何故？

ホームルームを終えて教室から出ると、既に心愛が待ち構えていた。

「弁当に続いて夕飯をつくってくれるなんて、いったいどういう風の吹き回しだ？　見ての通り、俺はもうピンピンしてるぞ。体調不良の気配なんて欠片《かけら》もない」

「だからこそですよ。病み上がりが大事というでしょう？　ここで一気に元気を取り戻すんです。まあ、食べたくないならやめておきますが」

「待て待て、食べたくないなんて言ってないだろ。お願いします！」

「はあ、なんで最初から素直になれないんですかね」

そりゃあだって、そんなに心配されてるなんて思ってないし。――まあ、よく考えて見れば、他人から心配されてもおかしくない、そんな失恋をした俺ではあるのだが。

風間だって多分、心配してくれているんだよな。ひさしぶりに学校に出てからというもの、いつも以上に構ってくる。春日井もだ。以前はあんなに仲良くなかったはずだ。

「あのさ、心愛。俺って幸せ者なのかね」

「どうしました？　突然頭が沸きましたか？」

「ひどっ。今、お前にも感謝していたところなのに」

「それはいい心掛けですね。是非、一生を終えるまで私への感謝の念を忘れずに生きて欲しいです。精々利用させてもらうとしましょう」

「やっぱりあとで高額のお返しを期待されてないか⁉」

「さて」

くすりと、からかうように心愛が笑った。本気で心配してくれていたのだと確信できる、そんな温かい笑顔で。

「そういえば、今日は木曜日でしたっけ。ということは、駅前のスーパーが冷食半額でポイント10倍デー。荷物持ちもいることですし、これは買い溜めをするチャンスですね」

「いい奥さんになれるよ、お前は」

「……じゃあ、もらってくれますか？」

「はは、それはいいな」

「……ばーか」

俺が軽く承諾すると、心愛が切り捨てるように毒を吐く。完全に、昔のような心地の良《い》い幼なじみの距離感。

心愛を見ると、茜色《あかねいろ》の夕焼けに照らされ、赤味を増した顔に笑みを浮かべていた。

◆

心愛が料理する音は優しい。

メトロノームのような食材の切断音は、心地良くて聞いていると、うとうとしてしまう。

このままでは眠ってしまいそうだったので、立ち上がって心愛のもとへと向かい、なにか手伝うことがないかと尋ねた。

「でしたら、ご飯と味噌汁《みそしる》をよそって用意してもらえますか。それと箸。もうつくり終わりますから」

制服の上から、自前の可愛らしいエプロンを着用した心愛が答えた。

彼女に言われたとおりに米と味噌汁を配膳すると、焼き鮭《じゃけ》、サラダ、目玉焼きと、自分ではまずつくらないような料理が並んだ皿を、心愛が運んでくる。

リビングで夕食を囲み、心愛と一緒に「いただきます」をした。

「鮭が安かったので。悠は好きでしたよね」

「よく憶《おぼ》えていたな。それにしても久しぶりだぞ、こんなに美味い鮭」

「なにも難しいことなんてないんですから、自分で買って食べればいいでしょうに。焼くだけですよ？」

「その焼くだけというのが難しいんだよ。火力の調節がよくわからない。というか、料理の解説ってこっちに基礎知識がある風に書いてないか？　本当に解説する気があるのか問いたくなる。小さじ大さじってなんだよ。適量ってなんだよ」

「最近の電化製品に触れた高齢者みたいなことを言いますね。スマホがあるんですから、もっと詳しく調べればいいでしょうに」

「それでもよくわかんないんだ」

「はあ、仕方ないですね。でしたら、今度料理を教えてあげます。味噌汁くらいは自分でつくれた方が便利でしょうし」

それは助かるな。心愛の言うとおり、味噌汁くらいは自分でつくれたらと、日頃思っていたところではあった。

「じゃあ、そうですね。明後日《あさって》、土曜あたりに。悠はなにか用事がありますか？」

「あー、夕方からなら大丈夫だと思うけど……。昼はちょっと用事がな」

ふと、視線を俺の部屋の方に伸ばす。

ここからは見えないが、無意識のうちに、机の上に立ててある、彼女の忘れ形見の方を向いてしまったのだ。

「……ごめんなさい」

心愛が、予定の内容を察したのか、ばつが悪そうに謝ってきた。

「べつに謝る必要はないだろ。心愛は悪いことをしていないし、俺はなにも落ちこんじゃいない」

「それはそうですが……えっと……」

「俺が情けなかったら叱咤《しった》する、そのくらいでいいんだよ。というわけで、土曜日はパスで。もしかしたら話しこんでしまう可能性もあるしさ。先輩のお母さんも、話し相手がいると落ち着くみたいでさ」

「……なるほど。わかりました、じゃあ日曜日ってことでいいですか？」

「ああ。日曜によろしく」

おそらく、心愛は地雷を踏んでしまったと思ったのだろう。これまで励ましはしても、先輩のことについては具体的に触れようとしなかった彼女なのだ。

上手く話題を避けてくれているのは感じていた。

「大丈夫だよ、本当に。心愛のおかげで持ち直してるんだし。だから、こうやって一緒に飯を食べてるわけだろ？」

「あ……」

影が落ちていた心愛の顔に、光が差しこむのがわかった。

「ありがとな、心愛。俺はお前に救われてるよ」

「感謝を示してくれるのはありがたいですが、あまり大袈裟《おおげさ》に言わないでください。胡散《うさん》臭《くさ》くなります」

「嘘偽りのない本心なのに」

「も、もう、やめてください。それより、お喋《しゃべ》りばかりしていないでご飯を食べてしまいますよ。食事の最中に長話は行儀が悪いです」


食事を終えた後、しばらくテレビを見ながら談笑したところで、心愛はそろそろお風呂の時間だと言って自分の家に戻って行った。

「さて、洗い物でもやりますかね」

俺は、また広くなってしまった部屋の寂しさに諍《あらが》うように呟くと、台所に向かう前に一度自室に戻り、机の上の写真立てを見やる。

さきほど、ふと視線を伸ばしてしまった、先輩の忘れ形見だ。

失恋からは立ち直りたいが、あの恋を忘れたいわけではない。

むしろ、先輩のことは死ぬまで心に刻みつけておくつもりだった。

先輩——好きだった人。初恋の人。いや、今でも大好きな人。

俺が恋をしていた人。でも、今はもう居ない人。

他の人の分まで憶えておこうと決めた人。

交通事故で亡くなった、最愛の人。

◆

悠の恋人が亡くなった。

その話を聞いたのは、事故の翌日、教室でのことだった。

「あの、なんて言ったっけ――軽音部の、蓬田《あいだ》先輩。昨日、トラックに轢《ひ》かれて亡くなったんだってさ」

「え、嘘。確かあの先輩、うちの学年に彼氏いなかったっけ」

突然、がつんと横から頭を殴られたような衝撃。

気が付けば、私は席を立ち上がっていた。

「すみません！　その話、詳しく教えてもらえますか！」

普段だったら絶対にあげない声量に、他のクラスメイトが驚きながら、こちらを一斉に振り向いたのを憶えている。

その昼休み、悠のクラスを訪ねた。

心配したとおり、悠は学校を休んでいた。

悠はすかして見せるが内面が繊細で、私なんかよりも余程デリケートだ。それでいて、恋人である先輩のことをなによりも大事にしていた。

そんな状態で、悠が学校に出られるはずがない。ショックを受けて、立ち上がれなくなっているかもしれない。泣いているかもしれない。吐いているかもしれない。

とにかく、彼がどうしようもないほどに落ちこんでいるなんてことは、わかりきっていた。なにせ、私は悠に詳しいのだ。

放課後、そんな私の足が、無意識のうちに悠の部屋の前で止まってしまうのは自然な流れだったのだろう。

ドアの前のチャイムを鳴らそうか、それともスマホから連絡した方がいいだろうか。いや、訪ねるのはやめた方がいいのではないか。

そんなことを一通り考えたあと、手を伸ばすのをそこで止めた。

悠と距離を置き、一方的に嫌っていたのは私だ。そんな自分が、今さらどんな顔で彼の前に現れ、なんの言葉を投げかけるというのだろうか。

それからは、ひたすら悠のことを考えた。やはり彼を訪ねるべきなのではないか。落ちこんでいるであろう彼に、掛けられる言葉があるのではないか。

昼休み、悠の教室まで行って、さりげなく出席を確認した。風呂上がり、ベランダに出て、こそこそと隣の部屋の様子を窺った。

何度も悠の部屋のチャイムに手を伸ばしては下ろした。

隣同士の家、隣同士の部屋。なのにこの距離が、途方もなく遠い。まるで、違う世界に住んでいるみたいだ。悠の心の在処《ありか》まで、いったい何キロメートル離れているのだろう。
――悔しいくらいに、悠のことが気になる。

そんな毎日の中、上の空の授業中。

「明日香河《あすかがわ》、川淀去《かわよどさ》らず、立つ霧の、思ひ過《す》ぐべき、恋にあらなくに」

古典の紙代先生が詠み上げた和歌の、恋という言葉に反応する。

そういえば、紙代先生は悠のクラスの担任でもある。学校に出てこない彼の状況を、なにか聞いていたりするのだろうか。

「これは、山部宿禰赤人《やまべのすくねあかひと》が詠んだ、明日香の里への慕わしい気持ちを綴《つづ》った一首です。恋とありますが、現在みなさんが使っている意味とは微妙に違います」

「万葉集《まんようしゅう》が生まれた当時、届かないものへの切ない感情のことを、恋と言ったのです」

届かないもの……。

それはまるで、恋人がいる悠への、私の気持ちのような。

「広辞苑《こうじえん》では、恋という言葉について、こう説明されています。『一緒に生活できない人や亡くなった人に強くひかれて、切なく思うこと。また、そのこころ』だと」

それはまるで、恋人を亡くした、悠の気持ちのような。だとすれば、どうやっても気持ちを届けられなくなってしまった悠は、いったいどれ程胸を痛めていることだろう。

………。

決めた、今日こそは悠を訪ねよう。

放課後、調子を崩しているであろう悠を見舞うための食材などを買いこみ、もう一度悠の部屋の前に立つ。

「勇気の神さま、お願いします。少しだけ、ほんの少しだけでいいので、力を貸してください」

彼に想いを伝える勇気はなかった。こそこそと逃げ回って、嫌いになろうとした。でも、今は……今だけは……私の気持ちなんて、どうでもいいから。

悠を支えられるのは、きっと、悠に詳しい私だけなのだから。

思い上がりを胸に抱えて、悠の部屋のチャイムを鳴らす。出なかったので、PINE《メッセージ》を送る。

何度も心の準備をしていたのに、彼がドアを開けて姿を現した時、不意を突かれたように動揺して、「わっ」と声をあげてしまった。

「人の顔を見て驚くなんて、失礼じゃないか？」

「だ、だって、急に開けられるとは思いませんでしたし」

呼吸を整えて。

「寝て、ませんでしたか？」

「起きてたよ。気分が悪くて寝付けなくてな。それで、なんの用だ？」

「えぇっと……ずっと学校を休んでると聞きましたから、その、えと、あの」

勇気を持って、口にするのだ。

「看病しに、きました」

この時、私は悟ってしまった。

私はまだ、彼に恋をしているのだと。

◆

夕暮れに染まる六畳間の和室で、淹《い》れていただいた緑茶を啜《すす》りながら、先輩のお母さんと談笑する。

部屋の角に立てかけられた今は亡き想い人の遺影は、百点満点、いや、それ以上の笑みを浮かべていた。

俺が思うに、亡くなった恋人は、この世界で一番笑顔をつくるのが上手な人だった。

「でも、ホッとした。沢渡くん、思ってたより元気だったから」

先輩をそのまま大人にした感じの、絵に描いたような美人が甘い声で話す。

そろそろ四十だと先輩が語っていたが、二十そこらだと言っても疑う人はそういないだろう。

「今は、ですね。情けない話ですが、数日前まではダメだったんですよ。先輩が亡くなったショックで落ちこんじゃって、このまま自分も終わってしまっていいんじゃないかとか、そんなことも考えちゃったくらいで」

　重たくならないようにと気をつかいながらも、あまり強がらないように打ち明ける。なんでもないように強がるのがよくないところだと、先輩に注意されたことがあるからだ。

　ここは先輩の実家である。亡くなってしまったとはいえ、どこで彼女に見られているか、わかったものではない。

「でも、それだけ、あの子のことを好きでいてくれたってことよね。ありがとう。あの子も喜んでると思うわ」

「それはどうでしょう。死にたいなんて言ったら呆《あき》れられて、それから馬鹿にされてしまうと思います。『生きてるだけで楽しいのに、なに勿体ないこと言ってるんだ』って」

「うふふ、本当にあの子のことをよく見ていてくれたのね。そうね、確かにあの子なら、そう言いそう。泣いてる時間も勿体ない、ってね」

　俺は、先輩のそんな底抜けに前向きな部分に惚れた。

　最初は尊敬だった。この人みたいな考え方ができれば、どこか息苦しい毎日が変わるのではないかと憧れた。あまり生きることが得意でなかった俺にとって、向日葵《ひまわり》のような存在。

　その感情が恋に変わるまで、大した時間は要さなかったけど。

「でも、落ちこむのも人間だもの。変に気負わず、引け目も感じず。思い出したい時に思い出して、忘れたくなったら忘れてちょうだい。きっと、あの子もそれを喜ぶと思うから」

　自分も気持ちの整理が追いつかないだろうに、俺を気づかった言葉を投げかけてくれるこの人は、紛れもなく先輩の母親だった。

「そうさせてもらいます。今日は、先輩にそういう話がしたくて、この家にきたのもありますから」

　完全に立ち直るまで、もう少し時間がかかりそうだけど、いつまでも沈んでいては、先輩に顔向けができない。

　先輩には、安心して眠りについていて欲しかった。


『え、ええええ、そんな、付き合おうだなんて。弱ったなあ……仲良くさせてもらってたから、これまでも頭に浮かばなかったわけではないけど』

『先輩は俺のこと、どう思ってるんすか？』

『……私も、悠ちゃんのこと、好きだよ？　あはは、改めて口にするとなんだか照れるね』

『え――俺のことを好きって――ちょっと、今の、もう一回言ってもらえます？』

『やだよ、そんな恥ずかしいこと何度も言えないよ。それに、今言わなくたって、これから何度でも言えるんだからいいでしょー？』

『え、つまりそれは、何度も言ってくれるってことですか？　言質取りましたから』

『言いませんってば！　とりあえずね、付き合うのはいいよ。いいんだけど、今から心配だなあ。私と別れたあとの悠ちゃんが』

『ちょっと待ってくださいよ。なんで付き合う前から別れた後の心配してるんすか⁉』

『いやー、だって悠ちゃん、軽そうに見えて重いんだもん。重量系男子？　別れた後引きずっちゃいそうだしなあ。お互いいつまで好きかわかんないし、別れなくても私になにかあるかもしれない。そうじゃない？』

『先輩って、変なところで現実主義ですよね……』

『毎日を全力で生きるために予《あらかじ》め憂いを断っているだけですー。あ、別れなければいい、なんて言わないでね。重たいから』

『うぐ、言おうとしてました……牽制《けんせい》されるとは』

『そういうとこだぞ？　ま、でも、あれだね。付き合ってる間に私色に染め上げて、少しでも軽薄な男に近付けてやるのもいいかもしれない』

『十分軽い人間のつもりなんですけどね』

『悠ちゃんは軽く振る舞ってるだけだと思うな～』


昨日、先輩の家に行ったせいだろうか。見たくて仕方がなかったような、もう二度と見たくなかったような、そんな懐かしい夢を見た。

目覚めた時に、目から涙が溢れているのがわかって、寝ている間に自分が泣いてしまったことに気付く。どうやら、無意識のうちに、先輩への気持ちが溢れてしまったようだ。

……なーんて。

目をごしごしと擦り、枕元に置いてあるスマートスピーカーに天気を尋ねる。

俺の寝起きの習慣だ。

『今日は、曇りところにより晴れ』

ベッドから身体を起こしてカーテンを開けると、空一面を雲が覆っていた。予報を聞いていなければ、雨を覚悟していたかもしれない。

——ピコン。

と、その時、机の上のスマホが振動しながら音を鳴らした。手に取り確認した画面には、心愛からのPINE《メッセージ》。

『何時に行けばいいでしょうか』

そう言えば、今日は心愛に料理を教えてもらう約束をしていた。

『今起きた。いつでも』

『じゃあ今から行きますね』

『ちょっと待って。今起きたところだって言ってるだろ。まだ顔を洗ってないし着替えてもない』

『いつでもって言ったじゃないですか。じゃあ、二十分くらいしたら行きます。ついでですし、朝ご飯もつくってあげますから』

『ははあ、心愛さま。ありがたき幸せ』

やり取りを終える。

「んじゃ、着替えるとするか」

両頬をパシンと叩いて、パジャマを脱ぎ捨てる。人前に出ても問題ない普段着になったところで、ふと窓の外が明るくなったのに気付き再び空を見た。

「曇天に晴れ間あり、なんてね」

ずっと晴れているよりも、身近で優しく感じられる。

そんな天気だと思った。

第2章　変化のち予感

険悪だった幼なじみと以前のように話すようになって、はや一週間以上。

失ったものの重さを忘れるにはまだ日が浅すぎるけど、日常の変化と喧《やかま》しさは、晴れないままでいた憂鬱な気持ちを徐々に晴らしていった。

心に晴れ間とは、つまり余裕のことだ。

余裕がないと、一日の活動限界値が極めて少なく、スタミナ回復がケチくさいガチャゲーのような毎日を送ることになってしまう。

俺は、そんな余裕を持たせてくれた周囲の人たちに、殊更《ことさら》この険悪だったはずの幼なじみに対しては感謝していた。

だから。

「今日は悠《ゆう》の家を掃除させてください」

「………………」

放課後、いつの間にか自然とそうするようになっていた二人での下校時、彼女から告げられた面倒な提案を無下《むげ》に却下できるはずがなかった。

「部屋の汚れは心の汚れです。あんな散らかった部屋で生活していて元気になるはずなんてありません。埃《ほこり》っぽいですし、体調だって崩してしまいます」

「いや、俺は元気になってる。あの部屋でも平気だ。むしろ快適で過ごしやすい。リビングだって普通に飯が食えてるんだが？」

「リビングは多少マシですが、片付けてない通販の段ボールがあちこちに放置されてましたよね。缶とか瓶も、適当に袋に入れて放置されてましたし」

「あれは捨てる機会を窺《うかが》ってたんだ。毎回捨ててたらゴミ袋代がもったいないし、手間だってかかる。省エネは大事だぞ？　自然にも優しい。俺は森林や地球の温暖化問題を考慮しているんだよ」

「はぁ。次から次へと、ずぼらを正当化するための言い訳をよく思いつきますね」

心愛《ここあ》が呆《あき》れるように言い放つ。

いや、ようにではないな、呆れているんだ。

「部屋の中を同年代の女子に見られるのが恥ずかしいんだよ。なにが出てくるかわからないし。部屋の汚れなんかも触らせるのが気が引けるっつーかさ」

「では、悠が一人で掃除をすればいいではないですか」

それができないから部屋が汚れているとわかっていて、酷なことを仰《おっしゃ》る。

平日は学校から帰ってきたらやる気が起きないし、休日はわざわざ休みの日になんで掃除をしなければいけないんだと思ってもっとやる気がおきない。

料理も似たようなものだった。経済的な意味でも、栄養価的な意味でも、なるべく自炊をすべきだとわかっていつつも、かかる労力を考えて止めてしまっていたのだ。

最近、ようやく心愛に教わっているところだが。

「でもさ、今は夕方だぞ？　なにも放課後にやらなくてもさ」

「明日は燃えるゴミの日ですから都合がいいんですよ。もう、一人暮らしをはじめて二年目くらいですよね。その間大した掃除もせずによく暮らせたものです。人をあげることはなかったんですか？」

「ないない。友達と呼べるような相手なんてほとんどいないし、風間《かざま》は呼んだことないし、先輩もないぞ」

心愛がきょとんとする。

急に先輩の話を出されたからと、恋人だった先輩を部屋にあげたことがないという俺の発言に意表を突かれたからとの両方だろう。

最近は少しずつ先輩のことも口にするようになっているが、話題に出すと俺ではなく周囲の方が豆鉄砲を喰《く》ったような反応をする。

「……たしかに、変な声が聞こえてくるようなことはなかったですね」

「どう返せばいいんだ。まあ、その、俺はあまり自分を信用してないからな。部屋に連れこんだりして、理性を失って嫌われたりすると困るだろ？」

「要するに、ヘタレってことでしょうか」

「思いやりと自制心があると言ってくれ」

そんなことを話しながら帰宅。

心愛は俺と一緒に部屋に入ってきて、有無を言わさず掃除の準備を始める。

「なあ、本当にいいのか？　いや、本当は迷惑でもなんでもないんだ。そりゃ嬉《うれ》しいよ、誰かに部屋を掃除してもらえたら。でも、そこまでしてもらうのは悪いというか、そんなに気をつかってもらわなくても大丈夫だよ。もう十分に元気を分けてもらったからさ」

「はぁ、やっぱり遠慮してたんですね。だからいいんですよ、気にしなくて。私がやりたくてやってることですから。料理を教えたいから教えてる。汚いのが気になるから掃除する。それだけのことです」

「それだけって言ってもな。どうしてそこまでしてくれるんだ？　いくら幼なじみって言ってもさ」

「さて、なんででしょうか」

心愛が、くすりと笑みを浮かべた。

「クイズです。なんでだと思います？」

「いや、わからないから聞いてるんだよ」

「知ってます。まあ、今はいいんですよ、わからなくても。わからせてあげますから」

「……俺はいったいなにを教育されてしまうんだ」

心愛が、怯《おび》えるような仕草をした俺を見て楽しそうに笑う。

どこか馬鹿にしているかのような声色と、からかうかのような口調だったが、まったく不快感はなかった。

その後、我が家を掃除する心愛を手伝い、なんとか夕食時までにキリのいいところまでゴミをまとめる。

「細かいところは、また明日にしましょうか」

「つまり、明日も掃除するってことか？」

「当然です。なにか用事がありましたか？」

「ないけど。心愛こそ、毎日俺にかまっていいのか？」

「言ったでしょう？　私がそうしたいからしてるんですよ。だから、いいに決まってます。さて、夕食をつくりましょうか。折角ですから一緒に食べましょう」

「いや、俺はいいんだけどさ」

掃除してもらって、飯までつくってもらって、至れり尽くせりすぎて申し訳なくなってくる。

まあ、本人がやりたいと言っている以上は止める理由もないのだろう。申し訳なく思うというのも、心愛に悪い気がした。素直に喜んでおくべきだ。

でも、なにかお礼くらいはしないとな。

「じゃ、今度またアイス食いに行こうぜ。心愛に奢《おご》りたいから」

「気の利いた返しができるようになりましたね。楽しみにしています」

それから、心愛のつくってくれた夕食を食べて、しばらく談笑した後に解散となった。

——気付けば、心愛が我が家を訪れるのが、日常になりつつあった。

掃除の続きは、翌日に行われることになった。

「はー、風呂とトイレは終わったぞ。ずっと中腰だったせいでちょっと腰が痛いが」

「ジジ臭いですね。まだ男子高生でしょう。もっと身体《からだ》を動かした方がいいんじゃないですか」

体操服に着替えて、俺の部屋の掃除を手伝ってくれていた心愛が応える。

「放《ほ》っとけ、若くても痛むものは痛む」

「こっちもひととおり終わりました。窓もピカピカに磨いておきましたよ。やはり重曹は素晴らしいですね。料理にも掃除にも使える万能物質です。重曹に浸《つ》ければ、グラム50円未満の鶏むね肉だってグレードが上がります」

「お前はちょっとババ臭いよな」

すかさず言い返してやる。

「流石《さすが》に、一年以上放置された2ＬＤＫの部屋は骨が折れましたが。というか放置しすぎでしょう。ほんと、よく生活してましたよね」

「だから、もうすぐ掃除する予定だったんだよ。脳内では」

「未来永劫《えいごう》訪れることのなさそうな予定です」

鼻で笑われる。

「一人で生活するには広すぎますし、手入れが大変だという意見には同意しますが。うちも同じ構造ですからわかります」

「うちの親も、こんな立派な部屋を放って出張なんてもったいないよなあ」

「悠が住んでいなければ、他の人に貸し出して儲《もう》けてたでしょうに。ま、うちもですけど」

「それは確かに」

この周辺は都心までのアクセスがよく、最近ベッドタウンとしての需要が伸びているとかなんとかネットの記事で見かけたことがある。

おまけにこのマンションは駅の近くだ。きっと高いのだろう。

「二人で住めばちょうどいいくらいだよな。それでも快適すぎるくらいだ。空けた方の部屋を賃貸に出せばちょうどいいんじゃないかね。俺は家事が苦手で、心愛は家事が得意だ。互いに部屋の無駄がなくなって俺の生活も助かる。一石三鳥だな」

「……え⁉」

と、何気なく口を出た俺の言葉に、心愛が大きな声をあげる。

しかも、顔を真っ赤にして。

「いきなりなにを言い出すんですか！」

「いや、特別変なことを言ったつもりはないんだが。ただの冗談だぞ？」

「え、そ、そんなことはわかってますが！　わかってますが、そういう冗談はやめてください！　嫌ですし、心臓に悪いですから！」

「わかった。わかったから」

「ふん！」

視線を逸《そ》らす心愛。

こいつの地雷がいまいちわからない。

「まあ、うちの場合は最初からこうなることを考えてこの部屋を買っていたんだと思うけどな。仕事で引っ越すことになった時、俺を置いて行けるように」

「……まだ、両親とは仲良くないんですか？」

「別に仲が良くないわけではないぞ、ただ互いに無関心なだけだ。そっちは？」

「残念ながら。お互い苦労しますね」

事情はまったく異なるが、俺も心愛もあまり家族関係が上手《うま》くいってない。

とはいっても、こっちはただ両親が子供《俺》に無関心なだけだから、仲違《なかたが》いしているというわけではなかった。

そういう意味では、心愛の方が重症だろう。

「ま、そうはいっても親の金で生活しているわけだしな。感謝はしておかないと」

「それはその通りですね。しっかりと借りた恩は返すつもりです。大人になったら、私を育てるのにかかったお金、耳を揃《そろ》えてきっちりと全額返済するつもりです」

「逞《たくま》しいよな、お前」

「そのくらいやらないと、文句を言う資格がないと思ってますから」

俺は貰《もら》えるものは貰っておく主義だけどなあ。

怠け者の俺と、しっかり者の心愛の差といったところだろうか。

「さて、掃除も終わったことですし、そろそろ夕食にしましょうか。実は、一度家に戻った時に炊き込みご飯を仕込んできたんです。悠もどうですか?」

「準備がいいな。お前の家事能力の高さは本当に尊敬する。いいお嫁さんになれると思うぞ」

「……ふん!」

って、褒めたつもりなのに、何故《なぜ》か頬を膨らませてそっぽを向く心愛。

ああ、これも地雷だったのか。めんどくさいやつめ。

「やっぱり、炊き込みご飯は一人で食べます」

「待って、今変なこと言ってないよな⁉」

「む～……」

「なんだかよくわからないけどゴメンってば。今度アイス奢るから」

「……まあ、いいでしょう」

ええっと、事あるごとにアイスを奢る約束をしているが、あと何回心愛にアイスを奢ればいいんだっけ?

◆

放課後、食材を買うためにスーパーに立ち寄った。

今日も心愛に料理を教えてもらうためだ。

「経済的に自炊するコツは、買い物をする時、先にメニューを決めてしまいすぎないことです。日によって値段が変わりますから、その時安く売ってるものをメニューに取り入れて料理するだけで、コストパフォーマンスがぐんと上がります」

「お前、本当に高校生なのか……？」

「失礼な、間違いなく女子高生ですよ」

最近よく思うが、主婦力が高すぎる。

「料理アドですよ、料理アド。積極的にアドを取って生活を経済的かつ豊かなものにするのです。ほら、今はほうれん草が安いです。季節によっても、安く売ってるお野菜やお魚も違いますから」

アドを取るという言葉が気に入ってるらしい心愛が得意気にする。

対戦ゲームなどでスラング化している、アドバンテージ《優位性》のことだろう。

「つーかお前、そのアドって言葉好きだよな。ゲームとか好きだったっけ？」

「…………」

なぜか、心愛が無言で睨《にら》んでくる。

あれ、俺なにか変なこと言ったのか？

「べつにゲームは好きじゃありませんよ。そうですね、昔誰かさんが使ってたのがうつってしまってただけです」

「誰かさんって……あ……」

そういえば、俺が昔よく使ってたような気もする。

心愛がこの言葉を使ってるのは、俺のせいか？

「ま、いいです。それにしても、二人分だと買い物がしやすくていいですね。一人だと食材を余らせちゃいますし。数日間似たようなメニューになることも多くて」

「二人の方が効率的ってわけか。だったら、これから一緒に食べるか？」

「……え？」

「いやだって、二人の方が効率がいいんだろう？　隣同士で住んでるし、今日だって一緒に料理をするわけだし、心愛がそっちの方が楽ならどうかなって。毎日じゃなくても、こうやって料理を教わる日以外でも気が向いた時にさ」

「え……あ、そ、それは、確かにそうですね。そ、そっか。二人だったら効率的だから、一緒に料理するのは当たり前で……なるほど」

「いや、迷惑ならいいんだぞ」

「い、いえ、今のは名案ですよ。経済的ですし、お安く栄養バランスもよくなりますし、絶対にやるべきです！　やりましょう！」

驚くほどに食い付いてくる心愛。こんなに賛同されるとは思わなかったので驚きである。

そんなこんなで買い物を済まして家に戻ると、もう何度目かの料理指導の時間となった。

二人の夕食をつくるついでに、心愛を手伝うようにして料理を教わる。

しかし、俺に料理を教えているはずの心愛は、何故か先程から不機嫌だ。庖丁《ほうちょう》を使ってキャベツを千切りにする俺の様子を凝視しながら、心愛が不満そうに頬を膨らませていた。

「どうしたんだ？　それなりに上手くやれてるつもりだが」

「上手すぎるから不満なんです。私なんて、綺麗《きれい》に千切りできるようになるまで結構かかったのですが。今でもピーラーを使うことが多いですし。ずるいです。私の苦労はなんだったんですか」

「そんなことを言われても」

「知ってましたけどね。悠はやれば出来る子だって。私が苦労しているようなことでも、本気を出したらやれちゃうんだって。手先だって器用ですし」

「待て待て待て。確かに俺は多少要領がいい方かもしれないが、所詮《しょせん》はその程度だ。学年トップクラスに成績が優秀で、料理まで完璧な心愛が羨ましがる理由なんてどこにもないと思うんだが」

「私は要領が悪いですから。その分時間とか頑張りとかで補っているだけです。料理だって最初は苦手だったんですよ。何度指を切ったことか」

そういえば、俺の知ってる昔の心愛って不器用だったな。

ハサミで物を切ろうとして何故か怪我《けが》をしたり、家庭科の時間に指を針で刺してやっぱり怪我をしたり。調理実習の時間も、塩と砂糖を間違えて、同じ班の連中に詰め寄られているのを見たような気がする。

「努力の賜《たまもの》ってわけか。心愛は頑張り屋さんだなぁ」

「料理くらいできた方が便利だと思ったわけです。いろんな意味で。昔は勝つことも考えていましたからね」

「勝つって、何に？」

「さあ、なんにでしょう」

誰かと料理勝負でもしていたのだろうか。

「まあ、それだけ上達が早いのなら、すぐに私の料理なんて必要なくなるでしょうね」

「なにを言ってるんだ。要領だけで飯が美味《うま》くなるわけではない。心愛が作った方が美味《おい》しいに決まってる」

「それはわかりません」

「いやいや、わかる。それにだな、誰かにご飯を作って貰えるって嬉しいもんだ。こう見えて、俺は手料理に飢えてた男だからね」

心愛が、俺の返しを聞いて、一瞬きょとんとした後「ふふっ」と笑ってみせた。

おどけて言ってみせたのが、ツボに入ったのだろうか。

「そうでしたね、失礼しました。だから私も、頑張ってたんだということを思い出しました」

「だからって？」

「内緒です」

そう言うと心愛は、さらにくすくすと笑みを重ねて上機嫌になった。

悪戯《いたずら》っぽい笑みに含みのある言葉で翻弄してくる彼女の様は、風間が大袈裟《おおげさ》に喩《たと》えていたように、妖精のようにも見えてしまう。

……こうやって改めて見ると、可愛《かわい》いんだよなぁ、こいつ。

「なんですか、こっちをジーっと見て」

「いや、可愛いなって」

「なっ……⁉」

一瞬で顔を真っ赤にする心愛。

顔に出やすいところも、ポイントが高かったりするんだろうか。

「いきなり何を言い出すんですか！」

「料理を教えて貰ってるから、お礼にお世辞くらい言っておこうかと思って」

「〜〜〜〜っ！　余計なことを言ってないで、もう準備が終わりましたからご飯を並べますよっ！」

想像以上に動揺している心愛が、逃げるように台所から出て行く。てっきり怒られるかと思っていたが、その余裕もない様子だ。

ははーん、ひょっとして……あいつ、異性に褒められるのに弱いな？

これは使えるかもしれない。今後なにか困ったことがあったら、褒めちぎってやることにしよう。

◆

「ねえねえ、今日の帰り、みんなでゲーセン行こうよ」

昼休み、春日井《かすがい》がこんなことを提案してきた。

「俺は別にかまわないけど……」

俺と同じように、弁当を食べている風間と心愛を見やる。

「オレもかまわないぞ。どうせ暇だし」

「私もかまいませんが。でも、なんでゲーセン？」

俺の席には周囲の席がいくつか合体させられていて、春日井と風間、そして心愛が、囲むようにして座っていた。

最近の昼休みはいつもこのスタイル。お馴染《なじ》みのランチの風景というわけである。

「いやね、別に大した意味はないよ。でも、このメンバーで遊びに行ってみたいじゃん？せっかく仲良くなれたんだしさ。強いて言うなら、沢渡《さわたり》君と風間君の両方が詳しそう。陰キャと不良でしょ？　風間君は不良とオタクの二重苦《にじゅうく》」

「てめえ春日井、喧嘩《けんか》売ってんのかコラァ！」

珍しく、風間が不良らしくキレてみせる。

風間も酷《ひど》い言われようだが、俺も何気にディスられてたよな。陰キャなのは否定しないけど。

「じゃあ詳しくないの？」

「ハッ、俺を誰だと思ってるんだ。ゲーセンは俺の縄張りみたいなもんよ」

詳しいんじゃねえか。

「でも、ゲームセンターでなにをするんだ？」

「そりゃゲームに決まってるでしょ。ゲームセンターなんだから。やりたいゲームなんてものはないから、あとは行ってから考える」

「ノリと勢いだけかよ」

「だってー、みんなで遊びたいじゃんか～」

まあ、場所なんてどこでもいいのだろう。

理由もないのに俺たちと遊びたい春日井の気持ちはよくわからないが、交友を深めたいということらしい。というか、元から付き合いのあった風間はともかく、なんで春日井までこんなに絡むようになっているんだろう。

というわけで、喧しい音を鳴らしながら、所狭《ところせま》しとビデオゲームの筐体《きょうたい》が並ぶゲームセンターにやってきた。

ゲーセンとは言っても、ボーリング場やビリヤードスペース、カラオケボックスなどを併設している複合施設だ。

昔流行《はや》っていたそれぞれの施設が時代の流れとともに淘汰《とうた》され、身を寄せ合うようにして一緒になったなんて風に、以前読んだ新書では解説してあった。

「ねえねえ、風の人さ～。あの洗濯機一緒にやらない？」

「風の人ってオレのことか？　余所者《よそもの》みたいな言い方はやめてくれねえ？　あとそれリズムゲームの筐体で洗濯機じゃないからな？」

「わ、風の人が通じた。マッチって不良の癖に変にいろんなことしってるよね。インテリヤクザみたい」

「風間のマだけ取って燃えそうな名前にするのはやめろ？　それにオレは不良かもしれないがヤクザじゃないからな？」

ツッコミを入れる風間が、春日井の後を追ってドラム型洗濯機のような形をした音ゲーの筐体に向かう。楽しそうだな、あの二人。

と、そこで心愛が居ないことに気付く。

周囲を見回すと、クレーンゲームが並んだスペースのところで、ジッとケースの中を覗《のぞ》いていた。

「欲しいぬいぐるみでもあったのか？」

心愛が見ていたケースの中には、ゆるいキャラクター性を売りにした猫のぬいぐるみがたくさん並んでいた。

「いえ、いろんな種類があるなあと思っていただけです。昔、悠が誕生日にくれたぬいぐるみは、このゲームセンターで取ったものだったんですか？」

「よく憶《おぼ》えていたなそんなこと。そうだよ、このゲームセンターで取ったやつだ。あれ、ゲームセンターで取ったってお前に説明したっけ？」

小学生の頃、心愛の誕プレとしてクレーンゲームのぬいぐるみを用意したことがあった。心愛が好きだと言っていたキャラクターのものだったので頑張ったのだが、クレーンゲームの景品だったことまで説明した記憶はなかった。

ゲーセンで取ったなんていうと、心愛の母親に捨てられかねないと思ったんだよな。心愛の母親は気難しい人で、二人の親子の仲がよくないのはそういうところにあったりもする。

「……しましたよ。昔のことなので、忘れているだけでしょう」

「そうだったっけか」

まあ、十年近く前の話だもんな。勘違いしていただけなのだろう。

「ねえねえ、三人であれ撮ろうよ」

と、そんな話をしていると、音ゲーを終えたらしい春日井が戻ってきて、写真を撮ってシールとして印刷する機械の方に指を向ける。

「友人とゲーセンにやってきてプリントシール機。陽キャの見本のような行動《ムーブ》だな」

「そんな暗いこと言ってないで、ほら行こう！」

がしっと、春日井が俺と心愛の手をそれぞれ摑《つか》み、プリント機まで引っ張るようにして歩き出す。

「ちょ、ちょっと、春日井さん！　もう……マイペースなんですから」

「えへへ、よく言われる」

「つーか春日井、三人って風間はどうしたんだ？」

「いやね、本当は風間っちと撮ろうと思って誘ったんだけどね、写真が嫌いだって言うの。魂を吸われるから絶対にイヤだー、って。今はあっちでゲームやってる」

「あいつ見た目に反して繊細だよな」

「乙女チックというかなんというか、風間くんって変わってますよね」

プリントシール機の狭い撮影スペースに三人で入る。この人数で入ると中は狭くて、少し身体を押しつけるような体勢となった。

「～～～～っ！」

急に、心愛がびくりと身体を震わせる。

「どうした心愛」

「い、いえ、なんでもないです。その、思ったより近かったですから」

「ああ、俺の身体とひっついているのが気になるのか。ちょっと身体を離した方がいいかもな、と――」

「え、あ、ま、待ってください。そうするとフレームに収まらないですし、反対側に行くと春日井さんもいますから。……そのままで大丈夫です」

「だったらいいが」

だが、こちらもあまり意識しないように努めているものの、心愛の体温が制服越しに仄《ほの》かに伝わってきて心臓に悪い。

「もー、二人ともイチャイチャだなあ。じゃあ、決定のボタン押すよー。ポチっと！」

その後、機械のアナウンスに従って写真を撮り終えた。

出てきたシールを確認すると、やっぱり俺とくっついているのが嫌だったのか、あるいは恥ずかしかったのか、心愛の顔が赤く染まっているように見えた。

◆

授業の終わりのチャイムが鳴る。

紙代《かみしろ》先生は、愛用している指示棒を振るうと、黒板全体を示すように大きな円を描いた。

「というわけで、来週から中間考査です。このあたりまでが試験の範囲になりますから、しっかりと勉強してくるように。このハイスペックな先生が、誰にも解けないような難問を準備しておこうではないか！」

いや、誰も解けないのは駄目だろ、テストとして。知恵比べじゃないんだぞ。

……しかし、テストか。ふむ。

「風間、テスト勉強はしてるか？　って、寝てるのかよ」

　隣の席の風間に話しかけようとすると、机に突っ伏して爆睡していた。

「うわー、風穴《かざあな》っち爆睡してるじゃん。こりゃ絶対にテスト勉強なんてしてないね」

「風間は洞窟《どうくつ》にでもなったのか？」

　俺の席までやってきた春日井に思わずツッコミを入れる。

「春日井は勉強はしてるのか……って聞くまでもないか」

「ふふーん、このわたしを誰だと心得る。予習に復習とばっちりやってんからねー。試験前に焦ったりしないでござるよ」

「それは羨ましい。俺にもその真面目さを分けて欲しいくらいだ」

「ゆっちーはどうなん？」

「派手に連休を取っていた人間が万全だと思うか？　オマケに俺は普段の成績がそんなによくないときてる。勉強嫌いだからな」

「なるなる。ピンチってやつじゃね？」

「というか、勉強しようにも、休んでる間のノートもないんだよな……」

「わたしの使う？　解読できたら、だけど」

　春日井からノートを受け取り、内容を確認する。

　ミミズがのたうち回ったような文字で、よくわからないなにかが書かれていた。

「これは……異国の言語か？　筆記体、ではないよな。象形文字《しょうけいもじ》？」

「達筆でしょ？」

春日井、完璧系女子かと思ってたが、こんな欠点があったのか。

「すまない、俺にはレベルが高すぎて上手く扱えそうにない」

「残念、ステータスが足りなかったか。パラメータが足りないと装備条件を満たせないって、外国のゲームとかで見かけるやつだよね」

他にノートを借りられそうなのは……。

風間はないとして、他にクラスで仲がいいやつ——うおお、もういない。

そういえば俺、ほとんどクラスメイトと絡まないぼっちでしたわ。

「ノートなら適役が一人いるでしょ。べつにこのクラスじゃなくていいんだし。字が綺麗そうで成績もいい優等生。そしてゆっちーと仲がいい」

「ん？　あー……」

そうか、なにも同じクラスである必要はなかった。

「というわけで、心愛さま。ノートを貸してください！」

帰り道、唯一の心当たりであった心愛に嘆願する。

心愛は中学の頃から成績優秀で字も綺麗だ。

彼女のノートを借りれば間違いはない。

「はあ、仕方ないですね。どの教科ですか？」

「全部。派手に休んでいたからな」

「そういえばそうでしたね。じゃあ、家に帰って全教科のノートを揃えますから、それから一緒にコンビニに行って必要な箇所のコピーを取りましょう。それとも手書きで頑張ります？」

「いや、コピーでお願いします」

数日分、しかも全教科を写すとなると大変な作業だ。

コピー代がちょっと痛いが、手作業でやる労力を考えると仕方がない出費だろう。

一度部屋に戻った後、心愛の持ってきたノートの束を受け取り、最寄りのコンビニに向かう。

すると、何故か心愛も一緒についてきた。

「コンビニに用事があることを思い出しました。私も一緒に行きます。電気代を支払っていなかったので」

「あれ、心愛の家は引き落としじゃないのか？」

「母が苦手だったみたいで、請求書のままです。勝手に落とされるのが嫌だったのでしょう。そういう神経質な人ですから」

「なるほどな」

まあ、自分の目で金額を確認して、現金で払わないと怖いという考えは納得出来た。

「まあでも、今はそれに感謝ですね」

「感謝ってなんで？」

「内緒です」

「お前、最近それ多いよな」

「ふふ」

なにが内緒なのか知らないが、笑って躱《かわ》そうとする心愛。

「それはともかく、悠って去年のテストの成績はどうだったんですか？」

「あー……そうか、しばらく疎遠だったから話してないんだっけ。いいか悪いかでいうとよくない。余裕かギリギリかでいうとギリギリってところだな」

「つまりヤバかったんですね。まあ、そんな気はしてましたが」

「む、俺の学力を疑ってるのかよ」

「疑ってないですよ。悠はとても要領がよくて勉強ができます。この学校、一応学区で一番レベルが高い進学校ですからね。大して勉強もしない不真面目な生徒が通るような場所ではありませんから」

「あの時は必死だったなあ。中三の時はずっと勉強してた気がする」

勉強が嫌いで、進学先も適度なレベルの場所でいいやと思っていた俺が急遽《きゅうきょ》やる気を出したのは、先輩と同じ高校に入学したいと思ったからだ。

「でも、普段は頑張らないから成績が悪い。うちの学校はレベルが高いですから、ちょっと勉強をしないだけですぐに落ちぶれていきますからね。どうせ、悠は赤点ばかりだったのでしょう?」

「よくわかってるな、俺のこと」

「期待を裏切って欲しいところでしたが……うーん」

すると、心愛はなにかを考えこむようにする。

なにか言いたげな、だが言えないなにかがあるような。

なんだ? 俺になにを告げようとしているんだ? 成績が低いことを罵倒されてしまったりするのか?

「……わかりました。私が教えてあげましょう」

「ん?」

「赤点を取ると、補習と再試験が待っています。放課後の自由時間を減らしたくはないでしょう? それに、ずっと学校を休んでいたんです。ここで酷い点数を取ってしまうと、最悪留年なんてこともありえるかもしれません」

「さすがにそれはないと思いたいが」

まあ、これから万が一出席日数がギリギリになったりしたら、色々とピンチになってしまうのは間違いないだろうが。

なるべく安全な成績は取っておきたい気もする。

「というわけで、私が教えますので」

「でも、いいのか? 心愛だって自分の勉強があるだろう」

「悠の心配をして集中できなくなるよりはマシですよ。お返しはアイスで」

「えーっと、今残り何回だっけ」

「さあ？　ちなみに利子は十日で一割です」

「あれ利子とかあったのか⁉　しかも暴利すぎるし」

俺の反応がおかしかったのか、心愛がくすくすと笑う。

そんな彼女の笑みが、気にするなと言っているように見えた。


心愛との勉強会は、その夜にさっそく行われた。

リビングにあるテーブルに教科書とノートを広げて、相対するように座る。食事の時と同じような状況だ。

まずはテスト範囲の確認から。休んでいる間の授業内容がさっぱりわからないため、軽く内容を確認しながら教科書を通読する。

「なるほど、さっぱりわからん」

「投げるのが早すぎでしょう。まだ開始して五分くらい、勉強は始まったばかりです」

「高校の授業って難しくないか？　中学の時はなんとなくで解けることが多かったし、既に知ってることが多かったから、暗記物と英語を除けばそこまで難しいとは感じなかったんだが」

「悠はよく本を読んでましたし、基礎学力が高かったってことでしょうね。でも、高校は専門的な内容が増えてきますから、一筋縄《ひとすじなわ》ではいかないということでしょう」

「専門的ねえ。今後、俺の人生で使うことなんてあるのだろうか」

「さあ。でも、将来がわからないから学ぶんじゃないですか?」

「それもそうか」

将来、自分がなにをやっているかなんてわからないしな。

たとえ、今なにかを決意したとしても、それをやっているとも限らない。一生一緒に居たいと思っていた相手が、突然死んでしまうことだってある。

って、なにしんみりしてるんだ俺は。

「とりあえず、私も勝手に勉強してますので、わからないところがあったら聞いてください。教えられることであれば、教えますので」

「助かる。遠慮なく質問させてもらうよ」

…………。

……。

「……なあ、休んでいた部分の確認だけでも大変なんだが。初見の箇所が多すぎる」

「そうでしょうね。一週間以上休んでいたんですし。再び学校に来るようになった後、悠は遅れを取り戻そうとしましたか?」

「しませんでした」

とりあえず、愚痴ってても仕方ない。ちょっとずつ勉強していくしかないか。

…………。

……。

……ん……？

ふと、視線を感じる。心愛の方を見ると、慌てるようにして俺から視線を逸らした。

「どうしたんだ？」

「な、なんでもありません。その、えっと、面白いから見ていただけです」

「人の顔を見て面白いって、失礼なやつだな」

「そ、その、ホッとできますから」

面白い顔でホッとするって、滅茶苦茶《めちゃくちゃ》失礼だな。どれだけ俺の顔はダメなんだ。さすがに悪いと思ったのか、ちょっと遠慮するようにボソリと言ってきたが、よけい傷付くまでである。

まあ、心愛の毒なんてもう慣れっこだし今さらだ。特別本意ではないのだと思うし、単なるじゃれあいとしての発言だろう。大した意味はないに違いない。

と。

……こつん、と。

勉強に集中していると、なにか小さなものが転がってきて足にぶつかった。気になって手を伸ばすと、反対側から同じように伸びてきていた手とぶつかる。

「……あ」

どうやら転がってきていたのは、心愛が落とした消しゴムらしい。ぶつかった手は、消しゴムを拾おうと伸ばしていた心愛の手。

咄嗟《とっさ》に心愛が手を引いたので、俺が代わりに拾って消しゴムを渡した。

「ほら」

「あ、ありがとうございます。すみません」

「なんでそんなに驚いてるんだ？　手がぶつかっただけなのに」

「ちょ、ちょっと疲れたので珈琲《コーヒー》を淹《い》れてきます。悠も飲みますよね！」

「あ、ああ。じゃあお願いする」

心愛は慌てるように立ち上がると、コーヒーメーカーのあるキッチンへと向かった。彼女の焦りに引きずられて、意味もなく俺まで反応が浮ついてしまう。

それにしても、心愛はなんであんなに動揺していたんだろうか。ちょっと手がぶつかっただけだろう。

「悠は砂糖入れますか？」

そんなことを考えていると、キッチンから心愛の声。

「いらない。心愛は入れるのか？」

「たっぷりと」

そういえば、こいつは甘党だった。

「私、苦いのが嫌いなんです。知ってるでしょう？」

「お子様なままなんだな。慣れるとブラックも美味しいのに」

「若いのに苦いのが好きなんて、それこそ大人ぶってる子供の趣向です。甘い方がいいに決まっていますす。知ってますか？　苦いのが美味しいって感じるのは、舌が劣化した証拠なんですよ。苦みって毒物ですので、味覚が敏感だと受け付けないんです」

「ばーか、毒だって慣れれば美味しいんだよ。それに、美味しいものは大抵身体に悪いさ。お菓子だってそうじゃないか」

「屁理屈《へりくつ》を言いますね。とても悠らしいですが」

そんな会話をしながら、心愛が持ってきたコーヒーを受け取る。

「苦《にが》っ……」

「ほら」

「つーか、普段家でコーヒーなんて飲まないし」

なんとなく、以前先輩と喫茶店に入った時のようにブラックでお願いしてしまったが、やはり美味しく感じられるものではなかった。

やっぱり砂糖を入れてもらった方がよかったな。そんな後悔をしながら、カフェインで頭がシャキっとしてきたことを実感しつつ、もう一度教科書に向かった。

◆

中間考査の初日となった。

初日の教科は数Ⅱと現代文B。心愛との勉強の甲斐《かい》あって、試験はそう苦戦することもなかった。当然、忘れていた箇所や解けなかった問題もあるが、想定内といったところである。

一限目の後、風間が話しかけてきた。

「くくっ、余裕そうだったじゃねえか」

「なんだよその話し方。テストがピンチすぎておかしくなってしまったか？」

「はっ、ピンチだからおかしくなる？　確かにそうかもな。今俺は、テストの返却が楽しみすぎて、武者震いってやつが止まらねえんだ」

「……もしかして風間、実は成績がいいのか？」

そういえば、風間と同じクラスになったのは二年になってからだ。

俺が知らないだけで、実はこいつは成績がよかったりするのか……？

「ちげえよ、成績は底辺だ。だが、そのヤバイ自分と向き合う瞬間っつーかさ、それで先公に叱られたり、進学がピンチって現実を突きつけられたりした瞬間に、オレは生きてるって実感するわけよ」

「マゾなのか？」

「この間喧嘩してる最中に気付いたね。オレは殴るより、殴られる方が好きかもしれないと」

「以前からやばい奴《やつ》かもと思ってたけど、やっぱりやばい奴だった。付き合い方を考えた方がいいかもしれない」

「心の声が口に出てるぞ」

「聞かせてるんだよ。言わせんな、恥ずかしい」

皮肉でもなんでもない素直な言葉を返すと、席を立ち上がり、教室を出てトイレに向かう。次の試験に備えて、用を足しておかないと。

と、その途中——こちらの教室に向かってくる心愛に出くわした。

「あ……」

心愛が足を止める。

「どうしたんだ？　誰かに用事でもあるのか？」

心愛の教室と女子トイレは、今俺が向かっている方向にある。

試験の合間の休み時間、心愛がこちらに向かって歩いてくる用事なんて、普通はないはずだった。

「い、いえ、気分転換になんとなく散歩してただけです。そんなことよりも、試験はちゃんとできましたか？」

「あ、ああ。もしかして、心配してくれてたのか？」

「……心配ってわけじゃないですよ。でも、せっかく勉強を教えたのに、無様な結果だったら許せませんからね」

「まあ、ありがとう。おかげで頑張れてるよ、心愛のためにも気を引き締めていかないとな。教えてくれた先生の顔に泥を塗るわけにはいかないし」

「ならいいんです。精々私の努力に報いてくださいね」

心愛はそう言うと、くるりと踵《きびす》を返して戻って行った。

結局、あいつはなんでこっちに歩いてきていたんだ？

心配で俺の顔を見に……いや、流石にそこまでは自惚《うぬぼ》れすぎか。

俺はトイレに行くと、用を済ませて次のテストに挑んだ。


初日、すべての試験が終了する。試験期間中は午前上がりだ。

ホームルームを終え、校門前にやってくると、ＰＩＮＥ《メッセージアプリ》で連絡を取り合っていた心愛と合流する。

テスト期間中も一緒にご飯を食べて、勉強することになっていた。

「さて、お昼はどうします？　どこかに寄って帰りますか？　ハンバーガーとか」

「んー……このあたりのファーストフードって試験期間中はうちの生徒がいっぱいだからな。混んでる店に入るのはイヤだな」

「相変わらずの人間嫌いですね。だったら、コンビニにしますか？　割高なので、あまり気が進みませんが」

「賛成だ」

近場のコンビニに入る。

いくつかカップ麺と冷食を籠に入れて、いよいよ昼食でも買うかと弁当の並んだ棚とパンの並んだ棚に両脇を挟まれた通路までやってくると、心愛がいくつかのパンを前に品定めを始めた。

「バターが香るメロンパンと、サクサクメロンパン、どっちがいいと思いますか？」

「メロンパン以外に選択肢はないのか？」

「ありません。メロンパンは至高ですから」

そういえば、心愛は昔からメロンパンを目にすると人が変わるようなやつだった。

「パン屋やコンビニに入ると必ず買ってしまうので、あまり見ないことにしているんです。スーパーだったら気にせず通り過ぎるんですけど、コンビニは店内が狭いですから、どうしても対峙《たいじ》してしまうので」

「そんなに好きなら食べればいいのに」

「メロンパンのカロリーって相当ですよ。一食で三個も四個も食べていると太ってしまいます」

「一食でメロンパンをそんなに食べてしまうのかよ……いや、食べてたな。今思いだした」

そういえば、中学の頃に一緒にパン屋に入ったことがあった。

あの時心愛が買ったのは三個。分けて食べるのかと思えば一食で食べてしまい、うっかり「太るぞ」と言ってしまったことを思いだす。

あれ以降、心愛は俺と一緒にいる時、二度とあのパン屋に入ることはなかったのだが……。

「で、どっちがいいと思います？」

「どうせいくつも食べるなら両方買えばいいだろう。二つで済ませばそんなに太らないぞ？」

「誰が一個と言いましたか。両方買った上での追加の話です。オマケのひとつはどちらがいいかなと」

「やっぱり三個食べるのかよ、太る気満々じゃないか」

「勉強で糖分を使いますから問題ありません！」

そういうものなのだろうか。まあ、本人が納得してるならいいのだろう。

「メロンパンって、ちょっとだけ悠に似てますよね」

「どういう理由でだよ」

「皮は硬いのに、内面は脆《もろ》い」

「メンタルが豆腐って言いたいのか」

「強がりとも言ってます」

追い打ちかよ。

会計を済ましてコンビニを出る。部屋に戻った後、勉強の前に昼食を食べた。

「一口食べますか？　美味しいですよ？」

「メロンパンの味なんて、わざわざ口にしなくてもわかる。どれも似たような味だろ」

「最近のやつは商品研究も進んでて、美味しくなってるんですから」

そこまで言うならと、心愛のメロンパンを一口だけ食べさせてもらう。なるほど確かに、最近のコンビニのメロンパンは、生地がサクっとしていて高級感があった。

「あ……」

と、メロンパンに口をつけたところで、心愛が声をあげた。ちょっとだけ、ほんのりと頬を赤く染めている。

「……どうした？」

「い、いえ、なんでも。なにも気にしてないですよ！」

めちゃくちゃ気にしてそうだな。

「ああ、間接――今さら気にするのか？」

「……」

昔は何度もやっていたような気もするが……まあ、感性も変化するということか。これからは気をつけた方がいいかもしれない。

それにしても……俺がメロンパンに似てる、ねえ。

いやいや、似てないだろ。

◆

「はいはーい、皆さんお疲れさまでした。今、みなさんは喜びが満ち満ち溢《あふ》れていることでしょう。でーも、返却されてわからなかった部分を復習するまでがテスト！」

紙代先生の言葉を真面目に聞く者など、ほとんどいなかった。

誰も彼もが、ようやく乗り越えた試練への安堵《あんど》から気を弛《ゆる》ませ、惚《ほう》けているか、だらけているか、あるいは周囲のクラスメイトたちと談笑する。

「くううううう〜……誰も話を聞いてくれない。試験が終わったからって、皆さんちょっとイキりすぎなのでは。まあ、いいです。テスト返却後、皆さんの吠《ほ》え面《づら》的なものを楽しみにしておきますから」

ホームルームを終えて、紙代先生が教室から出て行く。

というわけで、中間考査の全日程が終了した。なにかに熱中していると、月日が流れるのって案外早いよな。頑張れば達成感もあるし、日常からは得られない幸福感みたいなものを感じることができる。

人生にはこういった節目とかハードルみたいなものが必要なのかもしれない。学校の行事やテストは、そういった生き方というものを教えてくれているのだ。

なーんて。

「ゆっちー、難しい顔をしてるね。ようやくテストが全部終わったというのに。なに考えてたの？」

「人生」

「なにその真面目。くっそウケるんですけど」

なにが面白いのか、春日井がけらけらと笑い始めた。

「失礼だな、せっかくテストが終わり、ホームルームも終わり、明日からは土日の連休だという解放感に浸っていたというのに。それで、なにかの誘いか？」

「勘がいいね。カラオケに行かないかなって。いつもみたいに、修介《しゅうすけ》とここっちも誘ってさ。どうよ？」

修介……春日井から聞くのは新鮮な名前だったので一瞬戸惑ったが、風間のことだった。

「暇だから構わないけど、他の二人は？」

「ここっちには伝えてる、今からこっちの教室に来るって。まあ、俊介は来るでしょ。ねえ？」

風間の方を見ると、春日井の方を信じられないものを見る目で見ていた。

「なんでオレの名前を下で呼んでるの？」

「え？　修介の方が風間よりカッコイイじゃん。イヤだった？」

「イヤだよ気持ちわりぃ。オレはだなあ、女と馴《な》れ合《あ》うつもりなんてねえんだよ。女なんて、自分勝手で鬱陶《うっとう》しいだけだからな」

「なにそれ、アウトロー気取ってるの？　でも、美少女ゲームとかもやる系のオタクなんでしょ？」

「画面の中の女は面倒じゃねえ。それに、オレがイライラしてる時に強い言葉をかけて泣いてしまうこともねえ。現実の世界で生きてるような女とは格が違うんだよ格が」

「それってただのコミュ障の正当化じゃん」

「男は言葉で語らないんだよ。まあカラオケなら行くぜ、ちょうど歌いたいアニソンもあったからな。情熱的な旋律《メロディ》に感動的な詩《リリック》。歌っていいよな。オレの心を代弁してくれる美しい音と言葉。共感ってやつだ」

言葉で語らないって言ったばかりじゃないか。

まあ、とりあえずついてくることはわかった。

そうこうしていると、最後の一人である心愛もやってくる。

「お待たせしました」

「テストはどうだった？」

挨拶のように尋ねると、心愛が少しだけ逡巡《しゅんじゅん》するような素振りを見せる。

だが、すぐに強気な表情で。

「ま、あんなものじゃないですかね」

優等生の心愛のことだ、ばっちりだったに違いない。

「で、カラオケに行くんですよね。今回のテストはいつも以上に疲れてしまいましたので、はやく忘れてしまいましょう」

「迷惑をかけてすまんな」

「べつに迷惑ではありませんよ。……まあ、その、一緒に勉強というのも、楽しかったですし。誰かが近くにいた方が気が紛れることもありますし？」

「はは、ありがとな」

ちょっとだけ照れ臭そうにする心愛に感謝しつつ、俺たちは教室を出た。


で、カラオケに着いたのはいいんだが。

「どうしてこうなってしまうんですかね」

「……さあな」

俺と心愛は、何故か二人でカラオケルームに居た。

まず、部屋に入る前に春日井がいなくなった。母親が急な風邪で倒れてしまって、家事をしなければいけなくなったらしい。

『ほんっとごめん、今度埋め合わせするから！』

部屋に入った直後、風間もいなくなった。妹が変な男に絡まれて困っているらしく、柄の悪い風間にヘルプコールが入ったのだそうだ。

『ちっ、すまねえ。世界一かわいい妹からヘルプコールだ。変な男に絡まれているらしい』

というか、風間に妹なんていたのか……。しかもシスコンっぽかったけど、大丈夫か？

（いろんな意味で）

かくして、高校生御用達《ごようたし》の格安カラオケボックスに、心愛と二人きりとなったのだった。

二人きりというのは今さらの話だからいい。だが、どちらかがマイクを握るというわけでもなく様子を窺い合ってる現状は、はっきりと気まずかった。ついでに部屋も狭い。距離が近い。なにせ、格安だから。

「……歌わないんですか？」

「心愛こそ歌わないのか？」

「まだ曲が決まらないんです」

そう言うと、心愛は曲を選ぶための機械を操作しはじめる。俺も、同じようにもう一台あった機械を操作した。そして、曲を探すような振りをした。

いや、だってあまり歌うつもりなんてなかったからな。

四人で入れば、俺以外の誰かが曲を入れるだろう。まあ、様子を見てちょっとくらいは曲を入れる必要があるだろうが、空気を読む振りをしていれば大して歌わずに済む。そんなことを考えていた。

「どうせ、歌う気はなかったんでしょう」

「まあ、そうだな。心愛もそうなんじゃないか？」

「私は歌う気でしたよ。……それなりに」

「要するに大してなかったってことだろ」

「本当に歌う気だったんですから。まあ、人前で歌うのは恥ずかしいので、勇気がいるってだけです。それに……」

心愛が、俺の顔をなにか言いたげに見つめてくる。

「それに？」

「いいです。恥ずかしいんですよ、とにかく」

何故か怒った風に、プイと明後日《あさって》の方を向く心愛。どうして彼女が不機嫌になっているのかはわからなかったが、いずれにせよ、心愛も積極的に歌いたがってないということはわかる。

「うーん、じゃあ帰るか？　ここ、十五分区切りでの精算だったしさ。さっさと帰ってしまえば安いもんだし、無理に歌わなくてもいいんじゃないか？」

「えっ。いや、でも、それは、お金がもったいないです」

「いや、確かにもったいないけど。でも歌いたくないんだろう？」

「べつに、歌いたくないとは言ってません。それに、せっかく来たんですし……練習、そう、練習していった方がいいじゃないですか。今後いつ誘われるかわからないですし」

「練習、ねえ」

今日の面子《メンツ》以外で来ることなんてないだろうし、クラスの連中の付き合いとかは全部断るつもりだから、練習の必要性なんてものはあまり感じないが。

でも、心愛は違うのだろう。

「わかった。心愛がそう言うんだったら付き合おう。もともとそういうつもりだったしな。曲もゆっくり選んでいいから」

「え？　あ、ええっと、そうですね……」

　俺は歌う必要がないからな。

「……じゃあ、これにします」

　それからしばらくして、心愛がリモコンを操作しはじめる。

　心愛がリクエストした曲を画面に送信すると、あまり音楽に詳しくない俺でも知っている、人気女性アイドルグループの曲が流れ始めた。

　三年前くらいに流行っていた、人気ドラマの主題歌だったやつだ。

「……こういう曲をいくつか歌えたら、なにかあっても対処できると思いまして」

「処世術かよ。まだ学生なのに大変だな」

「どうしても断れない誘いだって多いでしょうから。はい、どうぞ」

　そう言って、心愛がマイクを手渡してくる。

　……え？

「もちろん、悠も歌うんですよ。私一人だけなんて恥ずかしいじゃないですか」

「いやいやいや、俺は練習なんて結構なんだが」

「付き合うって言ったじゃないですか」

「一緒に歌うって意味じゃなかったんだが」

「でも、恥ずかしいですし。それに、悠にじっと待ってもらってるのもなんかイヤですし。……ダメでしょうか」

普段の強気な姿勢とは違う、捨てられた子猫のような、残念そうな表情と声色で尋ねてくる心愛。演技ではない。付き合いの長さでわかるが、こいつが時折見せる素の表情だった。本気で残念がっているのがわかる。

「わかったわかった。付き合うから」

「本当ですか⁉」

心愛が、珍しく精一杯の感情を表に出して喜ぶ。だが、すぐに我に返ったのか、こほんとわざとらしい咳払《せきばら》いをして、何でもないような表情を浮かべた。

やがて、イントロが流れ出すと、恥ずかしそうに心愛が口を開く。

「〜〜〜〜♪」

「——え……？」

思わず、小さな声を漏らしてしまった。心愛の歌声が、あまりにも心地よかったから。

普段から綺麗な声の心愛だったが、それをいっそう研ぎ澄ましたような美しい音色。

「悠の番ですよ」

は、となった。

慌てて歌って、心愛に繋《つな》げる。たどたどしく、女性アイドルの曲ともあって、ぶっちゃけ自分でもちょっと気持ちの悪い歌い方になってしまった。

「〜〜〜〜♪」

それにしても、苦手とか練習したいとか言ってたのに、これは——。

——歌い終わった後、惚けるように心愛を見る。

「な、なんですか。どうかしましたか？」

「いや、すげー歌上手いなって思って。苦手って言ってたくせにさ」

「大袈裟ですよ。ちょっと相性がよかっただけです。じゃあ、次の曲いきましょうか。これ、歌えますか？」

「やっぱり俺も歌うのかよ……」

「当然です。せっかく入ったんですから、楽しんで行きましょう」

結局、カラオケを楽しむことになってるし。

まあでも、心愛のこの歌声が聞けるならいいか。そんなことを思いながら、俺は心愛のカラオケに付き合った。

入る前は歌うことを上手く避けるつもりだったはずが、結局、二人だけで三時間もカラオケを楽しんでしまった。

◆

「ちょっと〜、凄《すご》いじゃないですか沢渡くん。私はてっきり、進級が怪しくなるくらい絶望的なものをお出しされるものだと思ってたんですが。あれだけ休んだのに成績が上がるなんて、こんなことある？」

「実際に成績が上がってるんだから、あるんでしょうね」

昼休み、担任の紙代先生に呼び出しをくらい職員室へと出向くと、なにを言われるのだろうかという警戒していた気持ちをよそに、笑顔でお褒めの言葉をいただいた。

からかい口調。冗談のつもりで言っているのだろうが、一割くらいは本音といったところだろう。きっと、派手に学校を休んでいた俺の成績を心配してくれていたのだ。

呼び出されたのは、担任としての近況確認といったところか。不用意にプライベートには立ち入らず、頃合いを見計らっていたのだろう。

「まあ、今回は優秀な家庭教師もいたので」

「ん？　沢渡くん、家庭教師を雇ったんですか？」

「ええっと、そうではなくて……」

と、その時、少し離れたデスクで、今まさに脳裏に浮かんでいた女子生徒の姿が視界に入る。

心愛が、担任となにかを喋《しゃべ》っていた。どことなく雰囲気が暗く、俯《うつむ》いているようにも見えるが、なにを喋っているのだろうか。

あまり愉快な話ではなさそうではあるが……。

──どうしたんだろう。

怒られている？　いや、そういう風でもないか。

「あ〜、なるほど。そういうことか。理解。確か、沢渡くんと白雪《しらゆき》さんって、家が隣同士だったんですよね。それで、勉強を教えてもらっていたと」

「ええ、まあ、そんな感じです」

「ふふ……なるほど。まあ、だったら、なるほどなあ～……」

うーんと、なにかが腑《ふ》に落ちたといった感じで、紙代先生が苦笑いを浮かべる。

「心愛が、なにかやったんですか？」

「ううん、特になにかあるわけではないですよ。沢渡くんが気にするようなことは全然ありませんから」

紙代先生はそう応えたが、なにかあったということなのだろう。

そしてそれは、心愛が今職員室にいる理由と繋がっている、と。

「とりあえず、沢渡くんの成績がよかったのは喜ばしいことですね。白雪さんにもお礼を言っておいてください。担任の紙代が喜んでいたと」

「べつに先生がお礼を言う必要はないでしょう」

「いえいえ、担当生徒は我が子も同然ですから」

そういって、紙代先生が再び笑う。

普段は親しみはあるものの、あまり大人らしさを感じなかった紙代先生だが……どうやら、ちょっとだけ誤解していたのかもしれない。

狐《きつね》に化かされたような気分だが、先生は俺が思っていたよりもずっと生徒思いで、よき大人だったということなのだろう。

「えっと、恐れ入ります」

真《ま》っ直《す》ぐな先生のお褒めの言葉が恥ずかしくなって、なんとか言葉を捻《ひね》り出《だ》す。

「でも、本当によかったです、大分持ち直したみたいですし。学生は大変ですよね、つらい時があってもお酒に逃げることもできない。そんな生活、私だったら絶対に耐えられない……うーん、耐えられない、耐えられないなあ。学生って凄くない？」

前言撤回、やっぱりダメな大人かもしれない。

「痛みを取り除く魔法なんて便利なものはないですけど、楽しい時間は苦痛を和らげることができます。まあ、私は大人であり先生ですから、どうしたって学生のあなたとは等身大の高さで付き合うことができませんが、ちょっとでも心を預けられる友人が近くにいるのなら、甘えちゃうのもひとつの手ですよね」

先生のいうことはもっともだった。

傷が癒えるまで、楽しい時間を過ごして苦痛を忘れる。きっとそれが正しいし、そうすべきだとわかっているけど——同時に、それはどこか寂しいことで。

この寂しさが胸の中から消えた瞬間、一番大事にしていた気持ちが消えてしまうんじゃないかって、不安で。怖くて。

「大人になった時に落ちこんでたら缶チューハイの一本でもご馳走《ちそう》してあげますから。その時は頼ってきてください。先生との約束です」

「大人になって憶えてたらそうしますよ」

「無理に憶える必要もないし、無理に忘れることだってないんです。どんな気持ちだって、気付けば自分が本当に必要としている形に変わっています。それをありのままに受け止めるため、しばらく逃げるのだって悪くない。そう思って、先生は毎日のようにお酒を飲んでます」

「……紙代先生っていい先生ですよね。アル中でなければ」

「くううう、それは言わないで」

俺は先生にお礼を言って、職員室を後にした。

◆

「そういえば、今日の昼休みさ――」

下校時間、頃合いを見計らって、心愛に気になっていた話を振る。

「なんでしょうか」

「お前、昼休みに職員室にいたよな。あれ、なんの話をしていたんだ」

「……やっぱり見られてましたか。悠を見かけて、なんて間が悪いと思いましたよ」

はぁ、と、心愛が大きな溜息《ためいき》をひとつ。

「まあ、なんとなく察しはつくけど。もしかして、俺のせいで成績が下がったのか？」

「……なんで、どういう話をしていたかがわかるんですか」

心愛が立ち止まり、こちらを睨みながら言った。

紙代先生との会話――俺の成績の話が出た時、心愛の方を見てなにか納得するように苦笑いを浮かべた――あの流れからの推測だ。

「ちょっとだけ、ですよ。ちょっとだけ成績が下がってしまったんです。べつに酷い成績になったわけではありませんから。悠より低いなんてことはないはずです」

「悪かったな、普段から低くて」

心愛は普段完璧に近い点数を取っているらしいし……そんな成績だからこそ、少し下がっただけで目立ってしまうというわけだろう。

なんにせよ、心愛が点数を下げたのは俺のせいというわけか。

「謝らないでくださいよ。それに、勘違いしないでください。成績が下がったのは確かですが、悠のせいではありませんから」

「テストが上手くいかなかったのは、俺に勉強を教えて時間を取られたせいだろ？　足を引っ張ってしまったとしか思えないのだが」

「勉強を教えたいと言いだしたのは私です。自業自得というやつですし、私は後悔してませんから」

「……そうはいってもなあ」

罪悪感というか、申し訳なさというか。

すると、心愛が「はあ」と大きく溜息をついた。

「そういう反応をされるとわかっていたから知られたくなかったんですよ。変に気をつかわれたくないですし。何度も言ってますけど、後悔なんてしてません。心配してくれる先生方に申し訳なさはありますけどね」

「とはいえなあ」

「それに、悠のせいというわけではないですから。本当に。本当の本当に」

念を押して言うが、俺に気をつかっているのだろうか。

「まあ、次の試験は心愛に迷惑をかけずに済むように頑張るよ。心愛の手を借りずに済むようにな」

「そ、それは、べつにいいんですよ、頼ってくれても」

「でも、心愛の成績が下がると問題だろ？」

「だから、少しくらい下がってもいいんです。そんなことは些細《ささい》な問題ですから」

「待て、そんなに俺の成績が心配されてるってことか？」

「ええっとそうではなくて」

「なくて？」

「…………」

なんなんだろう。

心愛は俯いて、それっきり言葉を返さなくなる。俺の成績を心配しているわけではないけど、俺に勉強を教えたい理由。

「……二人だったら、お互いサボってないか監視できるじゃないですか。そう、そうです。そういう理由です」

「俺を一人にするとサボりそうで心配ってか？　確かにそういうところはあるけど」

「ま、まぁ、そんな感じです。そ、そういえば、この後はなにも用事はないんですか？」

「ん？　特に用事はないが」

「でしたら、悠の部屋に行ってもいいですか？　さっそくテストの復習をしましょう。今間違えた箇所を憶え直しておけば、模試で苦労せずに済みますから」

「え、心愛、テストのあとに復習とかやってるのか？」

「それをやらないと意味がありませんよ。競争するためにやっているわけじゃないんですから」

「さすが優等生、言うことが違うな」

そんなことを話しているうちに、俺たちの部屋の前までやってくる。

「じゃあ、私は着替えてからそっちに行きますので」

と、そう言って、心愛が鍵穴に鍵をつっこんでドアを開けようとした時だった。

「――あれ？」

ガチャガチャと、鍵を開けた筈《はず》のドアが開かずにノブを引いて困惑する心愛。

「鍵かけ忘れていたんじゃないか？」

「そんなことはない、と思います」

「でも、そうじゃないとしたら——まさか、泥棒とか？」

心愛がもう一度鍵を差し込もうと、手を伸ばした時のことだった。

ガチャリと、内側からドアが開く音。心愛が表情を強張《こわば》らせながら、一歩身体を退けた。

俺は思わず、鞄《かばん》を持って身構える。すると、ドアが開いて、中から人が出てきた。

どこか心愛に似た面影を持つ、黒いスーツ姿の美しい女性。美しいが、同時に冷たい。

心愛のような淡泊な感じではなく、冷めたとか厳しいといった表現が相応《ふさわ》しく、鋭い眼光が心愛を睨み付けている。

泥棒などではなかった。俺はこの女性を知っている。この人は——。

「おかえりなさい、心愛」

「お母さん……」

心愛が、唸《うな》るように声を漏らした。

立っていたのは、心愛の母だった。

心愛の面影を持つ大人の女性。ウェーブのかかった絹糸のような美しい髪が、腰下まで流れるように伸びていた。

心愛のお母さん。家が隣同士なので当然顔見知りだが、長いことあまり会話もなかった気がする。というのも、この人は俺に対して、あまりいい感情を持っていないらしいから。

「おひさしぶりです」

俺は挨拶をするが、心愛の母は一瞥《いちべつ》だけして、言葉を発することもなくすぐに心愛の方を向いた。

無視かよ。

「連絡もせずにいきなり帰ってくるなんて。いったいどうしたんですか」

「偶《たま》には抜き打ちであなたの様子を見ようと思ってね。事前に伝えると、あなたの素の生活が確認できないじゃない」

「そこまでしますか」

心愛が呆れるように言った。

「自分の子を心配しない母親はいないものよ。とりあえず、こんな場所で立ち話しているのもなんだわ。話があるから中に入って」

「話って……私はこれから、悠と勉強をする約束をしているのですが」

心愛のお母さんの眉がピクリと動いた。俺の方をちら見したが、再び心愛の方に視線を戻す。彼女としては、アウトオブ眼中といった感じだろうか。

「テストの話よ。あなた、成績が下がったらしいじゃない」

「はあ、一体いつの間にその話を聞いたんですか」

「ついさっき、担任の先生に電話したの。毎回、テストの結果がすべて出揃《でそろ》う日も予《あらかじ》め調べていますから」

「以前からそんなことをしてるんですか⁉」

珍しく、感情を剥《む》き出《だ》しにした心愛が声を荒らげる。

「言ったわよね、あなたの成績が下がるようなことがあれば、あなたをあっ、あっちに連れて行くと」

「私はアメリカになんて行きませんよ。それに、悪い成績というほどでもありません」

「先生から心配されるくらいには下がっていたわ。呼び出されて話もされたのでしょう？　あなた自身がよく知っているはずだけど」

「……それで、お母さんについていけば点数が上がると？　英語なんて喋れませんが。仕事で家にいないあなたについていって」

「これからの時代、英語くらい使えないと厳しいんだからちょうどいいでしょう。心愛、あなたは賢いのよ。日本の大したことない進学校でダラダラやるより、向こうで一段上のステージに昇った方がいい。通信教育だってあるし、家庭教師だって手配する。向こうの有名大学に入って卒業すれば、待遇のいい仕事も選べるわ」

「私はそんな人生、べつに望んでいませんから。人の欲しいものを勝手に決めつけないでください」

「あなたは子供だからそんなことが言えるのよ。いい？　いい会社に勤めて、いいお給料もらって——いい旦那を捕まえて。自分がいい物件にならないといい物件は捕まえられないんだから、そのために——」

「もういいから黙ってください！」

心愛の声が、マンションの廊下に響いた。

こんな大きな彼女の声を聞いたのは、初めてかもしれない。普段は冷静なのに、反射的に声を出しているのがわかった。ガスが詰まった容器の蓋が飛び出すように、感情が噴き出していた。

「いきましょう。悠」

「え？　どこに？」

質問に答えず、俺の右腕を力強く握った心愛が、引っ張るようにしてエレベーターに向かう。

「心愛、待ちなさい！」

呼び止める母親の声を無視して、エレベーターに乗りこむ。

そのままマンションの外に出たあたりで、思わず質問した。

「んで、どこに行くんだ？」

「なんにも」

「決めてないのかよ。あ、そうだ——」

「先に言っておきますが、謝らないでくださいね。悠のせいではないですから」

「そうじゃない。いつまで手を摑んでるのかなーと思って」

「あっ！」

心愛が慌てて、俺を引っ張っていた手を離した。

そして、自分の行動が恥ずかしかったのか、顔を紅潮させてこちらを見てくる。

「……すみません」

「いや、べつに怒ってはいないけどさ」

しかし、心愛の母親が戻ってきていたとは。

俺同様に、心愛は母と関係がよくない。が、その理由は、俺と親との関係とは正反対で、俺と親の間にあるものが虚無《きょむ》であることに対して、心愛と母の間にあるものは抵抗《ていこう》と過剰《かじょう》だ。

心愛に過干渉する母親だから、成績が下がった心愛を許せなかったのだろう。

しかし、違うとは言われても、こうなってくるとやっぱり俺の責任だよなあ。

「足して割ればちょうどいいのにな。うちの親、いや家族か。合体させるとちょうどいい家族になりそうだ」

「え？　……は？　な、なにを言ってるんですか悠は！」

心愛の顔が真っ赤になり、大きな声で否定する。

「いや、俺はべつになにも変な意味で言ったわけではないんだが……お前はいったいなにを想像しているんだ？」

「え⁉　……あ、あ～……な、なんでもありません！」

ただ、その、合体というか、言葉の裏にはなにもない感じで適当なことを言ったつもりだったが、どうやら心愛はそうは受け止めなかったらしい。

顔は赤いままに、もじもじと俯いてしまう心愛。

あー……その、なんだ、そんな反応をされると、こっちまで恥ずかしくなってくるんだが。心愛がなにを想像したのかはわかるだけに。

この気まずい空気を払拭《ふっしょく》しないと――。

「そうだ。あそこに行くのはどうだ？」

「どこですか」

「あそこだよ。お前もよく知っている場所」

家から徒歩五分くらい、マンションの立ち並ぶ住宅街の外れに神社に併設された小さな公園がある。公園というよりは遊具の置かれた広場で、置かれた遊具もみすぼらしく、剝《は》げ落ちた塗装からは年季が窺えた。

周囲がベッドタウンとしての開発が進む中、この場所だけみんなに忘れられて、古い時間が残留してしまったかのような。

「ここは……」

「憶えてるか？　昔、心愛が親と喧嘩した時もここに来たこと」

「忘れるわけな――じゃなくて、憶えてますよ。ええ、憶えてます。で、どうしてここに来たんですか？」

「ここで時間を潰そうかなって思ってな。なんとなく昔のことを思い出したんだよ。ひさびさに来てみたかったというのもある」

来るのは何年振りだっけ……もう思い出せない。最後に来たのも、心愛と一緒だったような気がする。確か中学の時、先輩のことが気になってるみたいな話をしたような気もするが……。

「私もひさしぶりですね。数年前までは、よく来たものですが。意味もなく、感傷に浸りたい時なんかに」

「へえ。まあ、なんか落ち着くもんな」

であれば、ここに心愛を連れてきたのは間違いでもなかったということだろう。荒ぶっているであろう心愛の気持ちを落ち着けるのに、ちょうどいい場所だったかもしれない。

なんとなく、俺がブランコに腰をかけると、その隣のブランコに心愛が座った。どちらともなく漕《こ》ぎ始め、前後に大きく揺れる椅子の遊具に身を任せる。

「連想記憶ってやつですよ。悲しい時に聞いた音楽を聴くとどんよりしたり、酸っぱい食べものを見れば唾が出たり。当時の気持ちがフラッシュバックするやつですね。私にとってのこの公園は、気持ちが温かくなる場所です。しばらく、近付かないようにしていましたが」

「嫌な記憶もあったってことか？」

それってもしかして、この数年間心愛に嫌われていたことに関係があるのだろうか。

険悪だったはずの幼なじみ。もし、彼女が言う気持ちが温かくなるという記憶が、俺が彼女を励ました時のものであるなら。同時に、彼女が俺を遠ざけていた理由が、この場所に近付かないようにしていたことに繋がるかもしれなくて。

いや、俺との想《おも》い出《で》に心愛が励まされていたなんてことが、そもそも自惚れに近いというか、思い違いも甚《はなは》だしいことのような気もするけど。

なんとなくなにかを想像して、ちくりと胸の奥が小さく痛むような、ざわめくような。

予感、推理、兆し。

「まあ、それももう大丈夫になりましたけどね。今はまた、この場所が好きです」

ブランコを漕ぐのを止めた心愛が、俺の方を向きながら微笑《ほほえ》んだ。

──でもそれは、あくまでもしかしたらという万分の一程度の中での、ひとつの予測でしかない。

まだ口に出す必要はないように思えるし、口に出すことが怖いようにも思える、そんな見ない、見ない方が楽な可能性で。

──く〜……。

と、その時、心愛のお腹《なか》から可愛らしい音が鳴った。

「ち、違いますよ。今のは私のお腹ではなくて……いえ、私のお腹なんですが……さっきのお母さんとの会話でエネルギーを使ってお腹が空いちゃって……今のは忘れてください！」

「べつに腹の音くらい恥ずかしいものでもないだろうに」

「恥ずかしいんです！　私は！」

「わかったわかった、忘れるから。とは言え、もう夕食くらいの時間だしな。周囲も暗くなってきたし……とは言っても、まだ家に戻る気はないんだろう？」

「当然です。今戻っても仕方がないですから」

「でもさ、このままじゃいつまでも帰れなくないか？」

「……それは、そうですが……最悪、悠が部屋に泊めてくれれば……」

「は？」

泊める？　心愛を？　幼なじみとはいえ同じ歳《とし》の女子を？

いやべつにいいんだけど、心愛はそれでいいのか？　というか、それを心愛の母親に見られたら、俺はどう対応すればいいわけ？

「や、やっぱり今のは無しで！」

「……ま、まあ、なんにせよこれからどうするか決めなきゃいけないし、現在進行形でお腹は空いていると。だったら、やることはひとつだな」

「やること？」

「腹が減っては戦はできぬって言うだろ？　腹ごしらえだよ。夕食を食べながら、これからのことを考えるとしよう」

◆

公園から少し歩いたところに、天々《てんてん》食堂という名の町中華がある。昔から、家で食事をする気になれない時によく利用させてもらう、お財布に優しい馴染みの店だ。

「いらっしゃいませー……って、あれ、悠くんに、心愛ちゃんじゃーん！！！　いらっしゃーい！！！！」

こぢんまりとした店内に入った瞬間、チャイナ服を着た店員が少し訛《なま》りの混ざったイントネーションでそう言ってきた。

白みがかったロングヘアーは、心愛の髪によく似た絹糸のような美しさ。その髪の上には、カチューシャがついている。

「天々、ひさしぶり」

「テンちゃん、こんばんは」

満面の笑みと元気な挨拶で出迎えてくれた女の子の名前は、鳳玲《ほうれい》天々。この店が実家の同級生で、小学校時代から付き合いがある中国出身の女の子だ。店の名は彼女の名からきており、店主である彼女の親が親バカを発動して付けてしまったものだとか。

高校は別になってしまったから、俺はこの店に訪れた時くらいしか付き合いがないが、心愛は今でも交流が深いらしい。

「悠くんひさしぶり！！！　もう十年振りくらい？？？？　心愛ちゃんは……んー、二十年振りくらい？？？？」

「いや、今年に入った後も店に来てるが」

天々

「私は先週PINE《メッセージアプリ》で話しましたね」

「うんうんっ、そうだった。まあまあ、ゆっくりしていってくださいな。悠くんは中華そばと半チャーのセット、心愛ちゃんはもやしラーメンでいいよね」

「構わないが、この店は勝手に人のメニューを決めるのか？」

「でも、今日頼むのはそれじゃーん？　というか、それしか頼んでるところ、天々は見たところない」

「……あれ、そうだっけ？」

「悠は自分のことに関心が薄すぎです。テンちゃん、私のメニューももやしラーメンで大丈夫ですよ」

「了解。店長、ラー半チャーセットと、もやし入ったー！」

天々が厨房《ちゅうぼう》に引っ込んでいく。

俺と心愛はカウンター席に腰を掛けて、やがて天々が運んできたお冷やを受け取った。

「んでんで、心愛ちゃーん。悠くんは、カラオケに連れて行った？？？？」

──ぶうううううう！

心愛が派手に、噴水のようにお冷やを噴き出す。

水飛沫《みずしぶき》が隣の俺まで飛んできて服にかかった。

「おい心愛、なにやってんだ！」

「だ、だってテンちゃんが……ちょっと、テンちゃん、こっちに来て」

「ほにゅ？」

天々を連れて店の奥に行く。

俺をカラオケに連れて行ったかって……どういうことだ？

先日のカラオケでは、あまり積極的ではなさそうな態度だった気がするが……実は内心、そうではなかったとでもいうのだろうか。

本当は、心愛は以前から俺とカラオケに行きたがっていた……？　仮にそうだったとして、どうして俺に嘘《うそ》をつく必要があるのだろう。

心愛と天々が戻ってくる。心愛は顔を赤らめ恥ずかしそうな顔で、天々は少しバツの悪そうな顔をしていた。

「ごめんね、悠くん。さっきのは天々の誤解で、記憶違いだったみたい。なにも聞かなかったことにして忘れて」

「うん？　お、おう」

なんだかよくわからないが、心愛の様子から察するに、俺には知られたくなかった話ということか。もっとも、このように言われてしまった時点でバレバレなのだが。

「……歌を、聞かせたかったんです。テンちゃんにも練習を手伝ってもらってたんですよ。教えてもらってたんです」

と、俺からそれ以上詮索するまでもなく、心愛が説明を始めた。

「そういえば、天々は歌が上手かったな。でも、急にどうして歌を？」

「意味なんてありません、なんとなくですよ。いきなり歌が上手くなってたらびっくりするんじゃないかって思っただけです」

「そりゃまあ、びっくりしたが」

思わず聞《き》き惚《ほ》れてしまったくらいだし。

なんてことを言うと、今赤くなっている心愛の頬は、さらに赤く濃く染まって言葉を失ってしまうだろうか。それとも不機嫌そうに、怒られてしまうだろうか。

いずれにせよ、素直に感想を言うと気まずくなってしまうような気がしたので、その言葉は飲みこんでおく。

「…………」

「…………」

飲みこんだところで、やはりどこか気まずいのだけど。

「お待たせしましたー。中華そばと半チャーのセット、心愛ちゃんは……もやし！」

そんな空気に割って入るようにして、天々がメニューを届けてくれる。助かった――と一瞬思ったが、この空気の発端も天々だったか。

二人、ラーメンを受け取って箸を伸ばす。

口をつけて、お互いラーメンを啜《すす》った。

「やっぱり、ここのラーメンは安価ながら美味いな。丁寧な味のスープに、小麦の風味が強い細麺がしっかり馴染んでいる。硬めで濃い味付けのチャーシューも俺の好みだ」

「なに食レポを始めてるんですか」

「美味しいもの食べると元気になるなって。心愛はどうだ？」

「わざわざ聞かれなくてもなってますよ。さっきから、ずっと」

言葉は冷たいが、心愛の表情にはふっとやわらかい笑みが浮かぶ。気まずい雰囲気を崩そうとしての食レポだったが、どうやら上手くいったらしい。

「ま、元気が出たならよかった。んじゃ、これが終わったら決戦だな」

「決戦？」

「心愛のお母さんとのだよ」

「え？　えっと、なにをしようとしているんでしょう」

心愛が不思議そうに聞くが、そんなの決まっていた。

逃げるようにしてマンションから出てきたとはいえ、心愛と母親の問題を解決しないことには状況はどうにもならないのだ。

心愛の家の問題とはいえ、俺はそれを知ってしまったし……あと、心愛は気にするなと何度も言ってきたが、事の発端は心愛が俺に勉強を教えて、自分の勉強が疎《おろそ》かになってしまったことに起因している。

ぶっちゃけ、気にするなと言う方が無理だ。

「要はここに残りたいってことだろう？　俺も説得を手伝う。上手くいくかはわからないけどさ」

「いや、でも悠は関係ないじゃないですか」

「あるさ。だって、心愛が母親に連れて行かれたら俺が困るからな」

「え？　きゅ、急になにを！」

「飯をつくってもらえなくなるし、料理を教えてもらえなくなるだろ？　それが困るって話だ」

「……あ、あ～……誤解するような言い方はやめてくださいよ、まったく！」

なにを誤解してたんだよ、って言葉も飲みこむ。

「まあ、一人より二人だ。それに、俺でしかやれない説得みたいなのもある気がしてるしな」

「悠にしかできない説得？」

「まあ、な」

上手くいくかはわからないけど。

でも、俺なら少しだけ、心愛のお母さんの心に寄り添える気がしていた。

「心愛、先にひとつ聞いておきたいんだけど、心愛のお母さんの性格が冷たくなったのって、お父さんが亡くなってからだよな」

「……あってます」

――心愛のお母さんもまた、恋人を失った人間だからだ。

◆

リビングのソファに腰掛けていた心愛の母は、まず娘を見たあとに俺の方を鋭い眼光で睨み付けてきた。

「これは家族の問題よ。部外者は出て行ってちょうだい」

「お母さん、相手が高校生とはいえ無礼です。それが大人の態度ですか」

「子供が相手だからといって態度を改めてはそちらの方が失礼でしょう。無礼な相手に礼を尽くす必要はありません」

さすが心愛の母、血が繋がっているだけあって娘同様に口が悪い。

まあでも、堂々と他人の家族関係に干渉しようとしている方が無礼というのは、一理あるというか当然の話だ。

「失礼は承知の上なんですが、そうはいかないんです。俺は貴女《あなた》を説得にきたので。心愛を残して、帰ってもらえるように」

ピクリと、心愛の母が不快そうに眉を動かす。

「聞く必要はないわね。もう決めたことだから」

心愛の母がそう言い捨てると、俺が反論する前に心愛が口を開いた。

「私は従う気なんてありませんよ。生活費を出してもらえないなら学校をやめて働く覚悟です」

「そんなこと私が許すわけないでしょう。やっぱり連れていくしかないみたいね」

「許す許さないじゃなくて、そうするってもう決めましたから」

おいおいおい、売り言葉に買い言葉かよ。

まあ、心愛がこんなことを言い出すかもというのは、なんとなく思っていた。こいつはそのくらい頭が硬いし、母親のことは嫌っている。

学校をやめて働くと言ってるのも、おそらく本気だ。ちょっと頭を冷やしたくらいで状況が変わるとは思えなかった。

――だからこそ、俺が代わりに説得しようと決めたわけだけど。

俺は、床に両ひざと額をつけた。土下座というやつだ。

「悠⁉　なにをやってるんですか⁉」

「お願いします。子供が、自力で生きていけないことなんて百も承知です。だから心愛がこの家に残るのを許してやってください。それに、これからは絶対に点数が下がることなんてないと思いますから」

「……。どうして言い切れるの？」

心愛の母は一瞬面喰らっていた様子だが、すぐに尋ね返してきた。

「今回は俺のテスト勉強を手伝ってたせいで点を落としたってのがあるんです。でも、次からは俺は心愛に勉強を教えてもらわなくても大丈夫なように勉強しておきます。だから今後、心愛の成績が下がることはありません」

「ちょっ、だから悠のせいじゃないって言ってるじゃないですか！」

「まあ、いいから。いくら言い繕ったところで実際そうだし、ここは俺のせいにしておいた方が都合がいいだろ」

「なんですか都合がいいって！　大体、こんな人に頭を下げる必要はないです！」

「心愛だって、これまでこの人に育ててもらってるんだろう。いくら思うところはあっても、ここは素直に謝ってお願いすべきだ。大体、今から金を稼ぐって大変だぞ？　学校を出てないと、就職だって難易度が上がる」

「それはっ……そうですけど……でも、決戦とか言っておいてやることが謝ってお願いするだけなんて……」

「それくらいしかできないんだよ。心愛だってわかってるだろう」

「…………」

名案があるわけではない。突飛な方法を思いついたわけではない。

この人が今まで心愛の生活の面倒を見ていた以上、誠実にお願いするしかなかった。

いや、違うな。仮に違う選択肢があったとしても、まだそういう段階ではない。話が通じる相手なのであれば、まずはちゃんと話すべきである。

心愛と険悪なのが彼女の母であれば、心愛をこの家に残して自由にさせてきたのもまた彼女の母だ。話が通じないとは思えなかった。

「……お願い、します」

黙っていた心愛も、俺の意見に同意したのかそう言った。

それから、しばらくの沈黙。

心愛の母は、無言で俺と心愛を何度も見比べた後、大きく溜息を吐いた。

「はあ、これじゃ私が悪者みたいじゃない。私はただ心愛のことを心配しているだけなんだけど」

「わかってます。それだけ心愛のことが大事なんですよね？」

「知った風な口を利くわけ？」

「俺も同じ立場だったら、必死だと思ったので」

他人の心情なんてわからないが、大切な人がいなくなった苦しみはわかるし、その人との思い出を大切にしたくなる気持ちもよくわかった。大切にしすぎて、干渉しすぎて、縛り付けてしまうほどに。

ましてやそれが、その相手との愛の結晶である子供ともなれば、一人だけ置いて海外に行ったりはしたくないだろう。

それでも、それを選択せざるを得ないくらいに、一人で子供を育てるということは大変で、同時に心愛の自主性も尊重していたということなのだ……と思う。全部推測でしかないけど。

だからこそ、きちんとお願いすれば話は聞いてくれると確信していた。

「…………。やっぱり、悪者みたいじゃない」

心愛の母が、ぼそりと呟《つぶや》く。

「次はないわよ」

「……え？」

心愛の母が立ち上がり、リビングから出て行く。

「次また成績が落ちたら、問答無用で連れていくって言ってるの。話はそれだけよ」

「どこに行く気ですか？」

「まだ仕事が残っているのよ、打ち合わせが終わったあとは新幹線で移動。じゃあ、くれぐれも成績を落とさないようにね」

「それって……」

「勘違いしないで、許したわけじゃないから。関係ない他人様《ひとさま》の子に土下座までさせて、許さないというわけにはいかないじゃない」

諦めるような心愛の母の声。

どうやら、俺の想いは通じたらしい。

「それと……悠くん、あなた」

心愛の母が、こちらに視線を向けてきた。

俺の名前、まだ憶えていたのか。

「心愛とどういう関係なの？」

「え？　いや、隣に住んでるってことは、ご存知だと思いますが……」

「この子のためにここまで必死になれるなんて、それだけ親しいという証拠でしょ。小さい頃はよく一緒に遊んでたけど……今、付き合ってるの？」

「なにを言ってるんですかお母さん！」

心愛が声をあげる。

いや、確かに、周囲から見ればそう見えてもおかしくないよな。さっきも言われたけど、普通は他人の家庭事情に口なんて出さないし。

「最近また仲良くさせてもらっているんです。隣人として。同級生として」

「ふぅん」

それだけ言うと、特にそれ以上の言及はせず、心愛の母はドアを閉めてそのまま、振り返ることなく部屋から出て行った。

……………。

「とりあえず、なんとかなったみたいだな。ごめんな、成績が落ちた理由を自分のせいにするなと何度も言ってたのに」

「本当に、なんなんでしょうね悠は。この状況で謝る必要なんてないでしょう。むしろこちらが謝りたいくらいです。いえ、この場合はお礼でしょうか。ありがとうございます、悠」

「いいんだよ。さっきも言ったけど、心愛がいなくなって困るのは俺なんだからさ。それより、なんか恥ずかしいな。土下座なんて、格好悪いところ見られちゃって」

「格好《かっこ》良かったです」

「……ん？」

「格好良かったって言ってるんですよ。だからズルいんですよ、悠は」

「ズルいって、なにがだよ」

「内緒です」

いつもならよくわからないうちに不機嫌になってそうな心愛の言葉。

だが、この時は満面の笑みを浮かべていて。

「あ、あと、もう一度言っておきますが、本当に成績が下がったのは悠のせいではありませんから。そうではなくて、私が集中できなかったのが悪いんです」

「集中できなかった？」

「と、とにかく、そんな感じですから！　以上！」

「お、おう」

――彼女がなにを考えているのかはわからなかったけど、嬉しくなって、胸の奥がドキドキした。

いや、違う。もしかしたらが増えてきた。

わからないけど、もしかしたら。

もしかしたら心愛は、俺のことが――。

……でも、仮に本当にそうだったとして。

俺は、彼女の気持ちと、どう向き合えばいいのだろう。

第2・5章　煩《わずら》いのち日記

5月8日（晴れ）

今日、日記帳を買った。大切な人への気持ちを書き残すためだ。

そう、残すため。いつどこでこの気持ちが消えてしまうかわからないから。いつどこで大切な人がいなくなってしまうかわからないから。

皮肉にも、私は突然なにかを失う可能性について、大好きな人を通じて学んだ。

これは保険であり、絶対に忘れないための予防線。きっと、今の私のこの気持ちは、生涯を通じて大切なものになると確信しているから。

初恋は一度しか訪れない。

5月12日（曇り）

悠《ゆう》の部屋の掃除をした。

彼が落ちこんでから人の心理について調べたが、どうも部屋が散らかっているのは精神的によろしくないそうだ。汚い部屋にいると心まで濁ってしまう、というのが通説らしい。これは絶対に掃除しなければ。彼が嫌といったなら、私が勝手にやればいいだけのこと。迷惑だと言われれば大人しく引く覚悟はあるが、できるだけやってみるつもりである。

5月13日（曇りのち晴れ）

彼の部屋が片付いた。窓も磨いたのでピカピカだ。

掃除が終わったあと、親の話になった。私は親といろいろあるが、悠も昔からあまり上手《うま》くいってない。私が彼に惹《ひ》かれるのは、どこか自分に似ているという、共感性もあってのことだろう。彼なら私のことをわかってくれるような気がするのだ。

悠にとってみれば勝手な期待だろうし、こういう気持ちで人に接するのはあまりよくない気はする。気はするが、本心なのでどうしようもない。多分、こういう気持ちのことを、依存と呼ぶのだろう。

はやく大人になって、もっと強くなりたい。

5月14日（晴れ）

悠と一緒に買い物に行った。

買い物する際のコツを教えたら本当に高校生なのかと言われた。失礼すぎる。料理は食材を選ぶところから始まっている。経済的に美味《おい》しいものを手に入れることは爆アドなのである。

買い物をしている途中、これから一緒にご飯を食べるのはどうかと誘われた。悠はなんの気もなく言ったみたいだが、正直やばい。やばすぎです。思わず動揺してしまいながら、私は同意した。

というか、だ。自覚がないのがヤバいのだ。それって、下心なしに言っているということだから。彼は天然で人を誑《たら》し込《こ》む素質がある。


家に戻ったあと、かつては私が料理が下手だったという話になった。

その通りだ。私は不器用だった。でも必死に料理を頑張ったのだ。だって、悠が両親にご飯をつくってもらえない話は聞いていたから。作ってあげたいって思うのは、当然でしょう？

勉強と実習を何度も繰り返して、訓練を重ねた。周囲の女子には絶対に負けないという自信もついた。結局、悠はべつの彼女をつくってしまうことになるのだが。

……でも、今では素直に、あの時練習しておいてよかったなと思う。

悠が喜ぶ顔が、なによりも嬉《うれ》しい。

5月15日（晴れときどき曇り）

春日井《かすがい》さんに提案されてゲームセンターに行くことになった。特別理由はないらしいが、この面子《メンツ》で遊びたいとのこと。断る理由もなかったので一緒に行った。

いや、嘘《うそ》。強がってすみません。行く理由があった。悠がいる。

ゲームセンターで、悠がくれたぬいぐるみの話になった。小五の時、誕生日のお祝いとして用意してくれたものだ。今もまだ大切にこの部屋に飾ってある、私の宝物。

悠から「クレーンゲームで取ったと説明したっけ？」と尋ねられた。いや、彼の口からは聞いていない。もらった時に、なんのぬいぐるみなのだろうかと私が必死に調べただけだ。嘘をついて、聞いたと答えた。だって、正直に言えるはずがない。

それから、写真を撮ってシールを印刷するアレをやろうということになった。風間《かざま》君は写真がダメらしいので、三人で。

出てきたシールには、楽しそうな春日井さんと、赤面した私と、女子二人に囲まれてちょっと困り顔の悠が写っていた。

私はそのシールを、悠と一緒に写った貴重な写真だと大切に思いながら、この日記帳に貼ることにした。

5月18日（晴れ）

悠にノートをコピーさせてほしいと頼まれた。学校を休んでいた間、まったくノートが取れていなかったことに気付いたらしい。

もちろん了承。せっかくなので、彼のコピーに付き合うことにした。電気料金の払い忘れがあるからと、適当な嘘をついて。

べつに、彼と少しでも一緒にいたかったなどという理由ではない。この話の流れなら、テスト勉強を一緒にするという提案のできる、チャンスがあるのではないかと思ったのだ。そうすれば、悠と一緒にいる時間がもっともっと増える。

テスト勉強の約束は、無事取り付けることができた。計画通りだ。

その夜、さっそく悠と勉強をした。

途中、今はいない先輩ともこうやって一緒に勉強したりしなかったのかなと考えた。考えているうちに、思わず彼の顔をじーっと見つめてしまい、目が合ってしまった。

焦った私は、彼を見ていた理由を「面白いから」と答えてしまった。「ホっとする」とも。彼は憤慨していたが、嘘ではない。もう何年も昔から、悠の顔はホっとするか、ドキドキするか、苦しいか。みっつにひとつ。

その時動揺して、消しゴムを机の下に落としたのだが、転がった消しゴムを拾おうとした時に悠と手がぶつかった。

「なんでそんなに驚いてるんだ？　手がぶつかっただけなのに」なんて言われて、どういう顔をしていいのかわからず、思わず顰《しか》めっ面《つら》で睨《にら》んでしまう。

可愛《かわい》くない反応をしてしまった自分を猛省しながら、話をごまかすように、逃げるようにコーヒーを淹《い》れると提案した。

砂糖を入れるか聞くと、悠はいらないと応え、私に聞き返してきた。私はたっぷり入れると応える。苦いのは苦手なのだ。

コーヒーを淹れると、悠はそれを飲んで「苦《にが》っ……」と声をあげた。予想通りの反応だった、悠も苦いのは得意ではなかったはずだから。

きっと、先輩に格好《かっこ》付けるためにブラックを飲むようになったのだろう。こういう時の悠の顔を見ると、私は苦く、苦しくなってしまう。

……私は、苦いものが嫌いだ。

5月25日（晴れ）

テストの日、初日。

朝から落ち着かなかった。自分のテストが不安なのではない、悠がちゃんとテストを解けているかどうかが気になってしまったせいだ。

あまりに気になったので、一限目が終わったあとの休み時間、こっそりと悠の様子を見に行こうとして彼と遭遇するなんてアクシデントもあった。


下校時に昼食と夕食をコンビニで買って帰ることにする。普段は滅多に買わないが、たまにはということでしこたまメロンパンを買いこんだ。テスト勉強は頭を使うし、こういう時くらいは自分にご褒美をくれてやっても問題はないだろう。

私はメロンパンが大好きだ。ちょっと悠に似ている。そこも愛おしい。

パンを食べる時、間接キスになった。

悠は「今さら気にするのか？」なんて聞いてきたが……今さらだから気にするのだ！

デリカシーのなさに、ちょっと腹が立つ！

5月27日（晴れ）

テストがすべて終わった。

結果はいつもに比べて芳《かんば》しくなかったが、終わってしまったものは気にしても仕方がない。放課後のホームルーム中、春日井さんからPINE《メッセージ》が届く。悠と風間君も誘って、カラオケに行こうということらしい。

用事もないし、悠が来るのなら断る理由はない。それに、悠とカラオケに行く機会はずっと模索していたものだった。

昔、悠が軽音楽部の先輩を好きになってから、私も対抗しようと思って歌の練習をしていたことがあるからだ。歌の得意な友人に熱心に教えてもらって。なんだかちょっと、恥ずかしくて馬鹿っぽい話ではあるが。

しかし、現地に着くとアクシデントが起こった。春日井さんと風間くんが、家庭の事情で帰ってしまったのだ。確かに、悠に聞かせるために練習していたものの、二人きりでカラオケというのはさすがに恥ずかしい。

お互い曲を入れずに顔を見合わせるような時間が続いた。すると、悠の方から、曲を入れずに帰ろうかと声をかけられる。

それは嫌だ、せっかく来たのだから歌を聞いてもらいたい。そう思った私は、練習したいなどと適当な理由をつけて悠に付き合ってもらうことにした。

嘘をつくと死んだ時に地獄に落ちるという話もあるが、私は悠と一緒にいる限り地獄真っ逆さま間違いなしだろう。ふとした時に、どうでもいい嘘を重ねてしまう。それを自覚すると、また胸の奥がざわついて、恥ずかしくなる。

私の歌を聴いた悠は、期待していた以上の反応を見せてくれた。私の方を見つめて、惚《ほう》けて、ぼーっと見つめて。

そんな彼を見た私は、得意気《とくいげ》になるわけでもなく、ただただ嬉しく、歌の練習をしてよかったと心の底から喜んだ。そう、努力は報われるためにするものだ。

この瞬間のために、私は頑張っていたのだ。

6月3日（晴れ）

長い一日だった。

落ちこんだ成績のテストが返却され、昼休み、その結果のことで先生に質問された。しかも間が悪いことに、一番知られたくなかった悠がその場に居合わせ、詰問される現場を見られてしまう始末。

そのことを悠に知られるのは恥ずかしいし、いろいろと気を使われるのも嫌だった。なにより、成績が下がったのは本当に悠のせいではない。悠が近くにいたことで、集中できなくなってしまったこと。そんな状況でも少しでも悠の傍《そば》にいたいと思ってしまった、自分の心の弱さこそが原因だ。

そうして、案の定自分のせいだと謝ろうとしてきた悠を諫《いさ》めながら部屋に戻ると、第二のトラブル。なぜか、お母さんが帰ってきていたのだ。

一瞬、嫌な予感。的中。どうやら、私の成績のことを学校に聞いてやってきたらしい。たまたま帰国する予定と重なったらしいが、間が悪いのか、それとも最初からこの日付近に戻る算段をつけていたのか。

自分が我儘《わがまま》を言っているのがわかるから、口喧嘩《くちげんか》をするつもりはなかった。感謝もしている。アメリカに一緒に連れて行くという話は絶対に嫌だが、それでも話は聞こうという意思があった。

でも……。

『あなたは子供だからそんなことが言えるのよ。いい？　いい会社に勤めて、いいお給料もらって——いい旦那を捕まえて。自分がいい物件にならないといい物件は捕まえられないんだから、そのために——』

ここで駄目だった。

自分のことは自分で決める。仕事も——誰と結婚するかも自分で選ぶ。相手が親だろうが、口出しされるつもりなんてない。

私には、好きな人がいる。

気が付いた時には、逃げ出すようにしてマンションを出ていた。これからのことなんて、なにも考えずに。

ついてきてくれた悠に諭されて、近所の公園に行った。彼との思い出が詰まった公園だ。幼い頃一緒に遊ぶことが多かった公園。

悠のことを嫌いになろうと決めてからというもの、長いこと足が遠のいていたが、それ以前はよくこの場所を訪れていた。悩みごとがあった時、考えごとをした時、つらい初恋のことを思い出した時。

そう、いつも思い出していた。思い返すことしかできなかった。そんな想《おも》い出《で》の古いフォルダに、新しい写真が増えた。この日のことは、一生忘れることはないだろう。


その後、テンちゃんの実家のラーメン屋に行った。ここも昔、悠とよく来たお店だ。ひさしぶりに一緒に食べられるということで内心喜んでいたら、テンちゃんに歌を教えてもらったことと、その目的をバラされそうになってしまい大変なことになった。

それから、悠が私の母を説得したいと言いだした。関係ない悠を巻き込むのは嫌だったので拒絶しようとしたが、意思が固く従うことになった。というか、自分のためとは言っていたが、私のためになにかしてくれるなんて言いだしたら……そりゃ、拒否できるはずなんてない。

嬉しいし、恥ずかしいし、やっぱり嬉しい。

私の母と対峙《たいじ》した悠が土下座を決めた時には驚いたが、決して情けなくなんてなかった。むしろ情けないのは私だ。もういい歳《とし》なのに母と上手くやれず、いまだに険悪なままで、喧嘩もしてしまう。父が亡くなった時に掛け違えてしまった関係が、いまだに修復できないままだ。

そんな私なんかのために頭を下げる悠を見て――やっぱりこの幼なじみは格好いいなって、そんなことを思ってしまうのだ。

惚《ほ》れ直すってやつだろうか。

うん、やっぱり、悠はズルい。


この気持ちはいつ伝えるべきなのだろうか。

いつ打ち明ければ、悠の迷惑にならないだろうか。

だって、悠はまだ、自分の気持ちの整理がついていないだろうから。

逢《あ》えないからこそ、気持ちが無限に大きくなる。もう二度と手に入らないと知っているからこそ、どうしてもそれが欲しくなる。


私の恋のライバルは、あまりにも強大だ。

第3章　ビターのちシュガー

心愛《ここあ》の母親との騒動から、はや数日。珍しく頑張った中間考査の余韻も完全に抜け、いつも通りの日常が戻っていた。

夕食後、二人でまったりとレースゲームで遊ぶ。

「あああもう、なんで勝てないんですか！」

「そりゃ、心愛がヘタだからだろう。というかだ、なんでゲームで曲がるとお前の身体《からだ》まで傾くんだ？」

「えっ……傾いてました？」

「傾いてたぞ。斜め四十五度くらい」

指摘してやると、心愛が口を半開きにして固まる。

「そ、そんなことはないかとっ！」

「いや、ある」

心愛は認めたくない様子だが、めちゃくちゃ身体が傾いてたし揺れていた。

というか、自分で気付いてなかったのか……。

心愛の頬が、か～～っと赤くなる。

「も、もう一度です！　今度は、絶対に負けませんから！」

「何度やっても無駄だと思うがな」

俺も大してこのゲームをやりこんでいるというわけではないが、他のゲームで培ってきた勘のようなものがある。

ゲームなんてほとんど触ったことがない心愛に、負けるわけはなかった。

続けて数度プレイするが、そのどれもが俺の圧勝。

というか心愛は、一緒に走ってるCPUにすら勝ててない。

「もう一度、もう一度です。今度は身体が傾かないようにしますから！」

宣言通りに、カーブに来ても身体が傾かなくなった心愛。

だが、代わりにゲームの中のカートも曲がれないようになり、そのままコース外を直進してしまう。

「………………」

「なあ、ひょっとして、一緒にじゃないと曲がれないのか？」

コースアウトを繰り返した心愛は、先程よりも大きくタイムを下げてゴールした。

しばらく、茫然自失《ぼうぜんじしつ》といった表情でボーっとしていた心愛だったが、やがてコントローラーを置くと。

「このままじゃ勝てませんね、特訓しないと。イメトレをして出直してきます」

「イメトレって……もしかして……」

「当然、カーブの時に身体が傾かないようにするための訓練です！」

心愛が握り拳をつくりながら、力強く言い放つ。

「よくわからないが、身体が傾こうがゲームは上手《うま》くなれるんじゃないのか？」

「それだと恥ずかしいじゃないですか。だから、まずは身体を傾けなくてもカーブを曲がれるようになるところからです」

「つまり、傾きながらでも曲がれた頃より劣化してるわけだな？」

「ここから強くなるんですよ！　私は！」

本当かな～……。

というか、めちゃくちゃレベルの低い特訓だが……心愛がこのゲームを上手くなれる日は、まだまだ遠そうだ。

そもそも、ゲームってイメトレで上手くなれるものなのだろうか。

「頑張りますよ、私は。ギャフンと言わせてあげますから」

「ギャフンなんて実際に言うやつ見たことないぞ」

「じゃあ、私が勝ったら言ってください」

「わざわざ言わせるのかよ」

ちょうどいい時間なので解散にして、心愛を玄関まで見送る。

「では、また明日。あ、そうだ。鮭《さけ》が安かったので、明日は鮭弁当の予定です」

「マジか。それは嬉《うれ》しい」

「ふふふ、楽しみにしていてくださいね」

得意気な笑みを残して、心愛が出て行った。

俺は心愛を見送りながら、明日食べられるらしい大好きな鮭弁当に心を躍らせた。


──翌日。

体育の授業は男女別に別のクラスと合同で行われる。

俺たちが一緒に行うのは心愛のいるクラス。今日の授業では、バレーコート四つ分の体育館のうち半分を男子、もう半分を女子が使うという形に分かれてのバレーボールだった。

「バレーはわざわざボールを叩《たた》いてコートにぶつけるところが納得いかねえ。相手に直接ぶつけた方が、競技としてわかりやすくないか？」

尻をつけて試合の状況を見守っていると、隣に座った風間《かざま》が話しかけてきた。一度に試合に出られる人数は決まっているので、交代制で休憩になる。今はちょうど、俺と風間の休憩時間だ。

「それじゃあ違う競技になるだろ。ドッジボールか？　大体、その道理でいくとテニスや卓球も相手にぶつける競技になってしまうだろ」

「お前は某有名テニス漫画を知らないのか？　相手に球をぶつけて倒した方が勝つというルールでやっているぞ」

「あれは現実のルールと乖離《かいり》しているんだから真に受けるな」

「オレはいつだって大事なことを漫画で学んできたんだ」

「まともな知識を学んでいたなら、さぞ格好《かっこ》いい台詞《せりふ》だっただろうよ」

まあ、直接ボールをぶつけるような球技だったら、高校の授業では採用されなかったんじゃないだろうか。そういえばドッジボールも小さいうちしか学校ではやらないよな。力が強くなってくると危ないもんなあ。

「ちょっと、沢渡《さわたり》。女子の方を見ろ」

「今度はなんだよ。って、女子がどうしたんだ？」

「漫画の知識でバレーをしているやつらがいるらしい」

風間に言われ、女子がやっている試合を観《み》た。心愛が出ている。うん？　心愛が出ていると言いたかったのだろうか。いや、確かに心愛が試合をしているところは気になるが……だからといって、その程度で話を振らなくても。

なんてことを思っていたが、やがて異変に気付く。相手チームから心愛のところにボールが回ってくる回数がやけに多い。

最初は、心愛が運動音痴だから狙われているのかと思ったが、どうやらそれだけではなさそうだった。心愛を狙うボールは、その文字通り、心愛本人を狙って飛んできていたのだ。

避けるわけにもいかないので、心愛はなんとかそれをレシーブしようとするが、腕に当たったり、やがて顔面にぶつかって――。

――バァン！

弾力のあるボールが心愛の顔にぶつかって、肌を叩く大きな音が響く。

心愛が顔面ブロックしたボールは宙に浮き、同じチームメンバーによって相手チームのコートに打ち返されたが、失点したというのに相手チームの女子数人はヘラヘラと笑っていた。

間違いない。今のはどう見ても心愛を狙ってやった行為だ。

「っ……！」

思わず立ち上がりそうになる俺を風間が制する。

「授業中だぞ、お前が行ってどうするんだ」

「どう見ても普通じゃない、止めるべきだろ」

「今は授業中だぞ、心配するな。ほら」

女子の授業を見ていた体育教師が心愛たちのコートに割って入った。ヘラヘラ笑っていた生徒たちを厳しい表情で注意する。心愛は教師に心配されたが、問題ないとコートに戻った。

「ほらな。心配なのはわかるし怒りももっともだが、ああいうのは教師が状況を把握しておいた方がいいだろ。つーかお前らしくないじゃんかよ、熱くなりやがって」

何故《なぜ》か嬉しそうに、からかうような笑みを浮かべる風間。

「放《ほ》っとけ」

それにしても、嫌がらせか……。

「白雪《しらゆき》は人気者だし、同性から変なやっかみを買っているのかもな」

「変なって、どんな？」

「オレに聞かれても知るか。そういうのが知りたいんだったら――」

「あー、なるほどー……そうだね、私もあれちょっと気になってたけど、わざとだったよね。んー……」

授業が終わったあと、あの状況について春日井《かすがい》に質問する。

本人に直接尋ねたら、話をはぐらかされてしまう可能性もあるしな。

「あ、心配しないで。苛《いじ》められてるとかではないと思うよ。そういう話は聞かないし。でも、ここっちって同性の恨みを買いやすいというか、嫌ってる子たちはいるだろうからなあ。ほら、美少女だし、成績もいいし？」

「……ああ、嫉妬か」

くだらない。

「それによくモテるからね。あー……そっか、あれがあったか。ねえ、これから聞く話、他言無用でお願いできるかな。まあ結構広まってる話だし、誰かから聞いちゃうかもしれないけど」

「なんだ？」

「サッカー部の早乙女《さおとめ》くんっているでしょ？」

「えっ……？　ごめん、知らない」

「容姿端麗で成績優秀、性格も優しく爽やか少年。サッカー部のエースでもある、あの有名なイケメン男子生徒の早乙女くんをご存知ないと？　告白された回数が百を越えるという逸話もある、あの」

「知らない」

いや、そんなやついたような気もするな。

「ゆっちーって、ほんっっっっとに世情に無関心だよね」

「失礼な、毎朝ニュースはチェックしてるぞ。自分と関係ない範囲の、くだらない学園の噂話《うわさばなし》とかに興味が無いだけだ。で、その早乙女ってやつがなんなんだ？」

「ま、ゆっちーらしいか。その、彼が、最近ここっちに告白したらしいんだよね」

ふむ、学園で滅茶苦茶《めちゃくちゃ》有名なイケメン男子の早乙女くんが、心愛に告白をしたと。

そういえば三日前くらいに、ちょっと用事があるから先に帰っていてくれって言われたことがあった。その時だろうか。

…………。

なんだろう、なんだか胸の奥がむずむずする。

「ま、ここっちは振ったらしいけど」

ホッと、内心安堵《あんど》の溜息《ためいき》――って、なんで俺は微妙に安心してるんだ？

「で、それが、心愛がボールをぶつけられていた話にどう繋《つな》がるんだ？　……って、ああ

「早乙女君を好きな女子からすれば印象悪いっしょ？　あいつなにお高く止まってるんだ、ってね。あとまあ、これは……噂の話でしかないんだけど、早乙女くんって、気に入らない相手ができると、女子たちを上手く扇動して攻撃するって話もあって……」

……なるほど」

「扇動ってなんだよ。女子たちを操って心愛を攻撃させているとでも？」

「んー、まあ、そんな感じ？　傷付いたアピールをすれば、彼を信奉する一部の女子が盛り上がっちゃう、みたいな。修介《しゅうすけ》もこの噂話聞いたことあるらしくて、ファンネル使いとか言ってたけど」

ファンネルって、確かロボットアニメに出てくる遠隔操作兵器だよな。いくつもビュンビュンって飛んでいって相手に攻撃する……ああ、だからファンネル。

「優しいって話なのに、そんなに陰湿なの？」

まあ、一見人がよさそうに見えて実は性格が最悪なんてケース、いくらでもあるとは思っているが……。

なんにせよ、心愛が危害を加えられているようであれば、見捨ててはおけないよな。

俺になにができるかはわからないけど、気にかけておくことにしよう。

◆

「もう、そんなに心配しなくてもよかったですのに。このくらい、放っておけば治りますよ」

放課後、心愛を連れて保健室に向かう。軽い捻挫で、彼女の膝が軽く変色していることに気付いたからだ。

「膝の色を変色させてよく言うよ、放置してると後遺症の可能性もあるぞ。つーかこういうのって、心愛の方が口うるさいタイプじゃなかったか？」

普段、こういう案件でお小言をいただくのは俺の方だ。それなのに、今は立場が逆転してしまっている。

「えっと、それは……その、恥ずかしいじゃないですか。体育の授業でドジやって怪我《けが》しちゃったなんて知られたら！」

俺に理由を詮索されるのが嫌だった、とかだろうな。

怪我のことは黙っておいて、知らない振りをするつもりだったのだろう。大した怪我ではないのは確かなようだし。

「まあ、保健室で見てもらうにこしたことはないだろ。無料だぞ？」

「そんな貧乏臭い考えで、保健室を利用するのはどうかと」

「スーパーでお買い得商品を探すお前に言われたくないんだが？」

「私のは生活の知恵と言ってください。この知恵が御飯のおかずを少しでも豪華なものに変えるんです」

「俺のも同じことだろう。ほら、入るぞ」

保健室の扉を開けて中に入ると、中で事務作業をしていた白衣姿の童顔教師が、こちらに視線を向けてきた。

「あ、いらっしゃーい。ええっと、沢渡くんに白雪さん、珍しいお客さんだね」

満面の笑みを浮かべながら、甘ったるいロリ声で喋《しゃべ》りかけてきたのは、我が月《つき》ヶ《が》丘《おか》高校の養護教諭である、花守《はなもり》へるし先生だ。

「今日は一日暇してたんだ、お客さんがきてくれて助かったよ。ゆっくりしていってね」

「保健室に客がこないということは、生徒の健康被害がなかったということですよね？いいことなのでは」

「んー、でも、普段は用がなくても遊びにきてくれる子も多いし。そういえば、今日は授業をサボりにくる子もいなかったな～。沢渡くんも最近真面目みたいだね」

「……悠《ゆう》、サボってたんですか？」

心愛が睨《にら》んでくる。

「まあ、そういう時代もあったってことで、最近は真面目だからいいじゃないか」

「私が監視するようになってよかったです。放ってたら卒業できてたかも怪しいですね」

さすがにそんなことはないと思うけど……。

「で、なんの用なの？　怪我？　熱？　仮病？　ベッドなら貸すよ？」

「放課後わざわざ仮病で寝にくる生徒なんていないでしょ。心愛が怪我したんです。俺は引率」

心愛が椅子に座り、花守先生に膝を見せる。

「ああ、これかー。軽い捻挫みたいだねー。ちょっと待っててねー」

花守先生が冷却スプレーを持ってきて患部に当てた。その後、包帯を巻き始める。

「さすが保健室の先生、手慣れてますね」

「でしょー？　ふふーん。まあ、もっと早くやろうと思えばやれるけど」

俺の言葉に、得意気《とくいげ》にそう返してくる花守先生。

この先生は、ちょっと褒めるとすぐドヤってくるから面白かったりする。そして可愛《かわい》い。

「酷《ひど》いようなら氷で冷やした方がいいんだけど、このくらいなら多分大丈夫でしょ。お風呂は入ってもいいけど、今日は長湯しちゃダメだからね」

「ほら、やっぱり大したことなかったじゃないですか。悠は大袈裟《おおげさ》です」

「ううん、ちゃんと見せにきてくれた方がいいから、沢渡くんの判断は正しいよ。油断大敵、気の緩みが危機に繋がったりとかよくあることだしね～。よし、と。はい、白雪さん大丈夫だよ」

「ありがとうございます、花守先生」

心愛が椅子から立ち上がって、軽く頭を下げる。

「いえいえ、また怪我したらどうぞ～。怪我しなくても、遊びにきてね～」

二人で保健室から出ると、そのまま玄関で靴を履き替えて帰路につく。

保健室に寄り道をしても、外はまだまだ明るかった。最近はもう随分と日も長い。

「で、これからどうする？　どこか寄って帰るか？　まあ一応怪我してるわけだし、さっさと帰った方がいい気もするけど」

「そうですね、でしたら悠の家でゲームというのはどうでしょうか。この間遊ばせてもらったレースゲームやりましょう」

「構わないが、また負けまくっても怒り出すなよ。とりあえず、心愛はカーブを曲がる時、自分の身体も傾けてしまう癖をどうにかした方がいいぞ」

「イメトレしてきましたから、もう大丈夫です」

「本当にイメトレで直るものなのか……？」

「直りますよ。始まる前から精神攻撃を仕掛けるなんて、ゲームの持ち主のくせに大人げないですね」

「いや、そういうつもりじゃなかったんだが。というか圧勝する相手に、わざわざ精神攻撃を仕掛ける理由はないだろう」

「ふん、余裕こいてられるのも今のうちだけですよ」

――と、そこで、互いに目が合って笑い出す。

本気で罵り合ってるわけではないのだ。気兼ねなくふざけあってるだけ。

この掛け合いを知り合いに見られたらなんか恥ずかしい気もするが、幸いなことに今俺たちの周囲に見知った顔はなかった。

「戻るのは嫌で、進むのも怖い。だから、今がいい。止まってしまいたい。このままでもいいかなって、そんなことを思ってしまうこともありますよね」

「うん？　なんの話だ？」

「なんでもないです。ちょっとだけ、素直になってみただけですから」

◆

数日後。

「ねえねえ、ここっち。その卵焼き美味《おい》しそうじゃん。もらっていい？　いいよね？　うーん、ここっちマジ天使！　最高！　神！　いっただきまーす！」

平常運転のハイテンションでまくし立てるように言った春日井が、心愛の弁当箱に箸を伸ばす。卵焼きを自分の口へと放り込むと、幸せそうに目を瞑《つぶ》った。

「うーん、美味しい。ここっちの卵焼きは優しいママの味がするね。ねえねえ、ママって呼んでいい？　いいよね？　……ここっち？」

「え？　あ、ああ、構いませんよ。べつにママって呼ばれるくらい……って、ダメですよ！　なに言ってるんですか！　やめてください！」

一瞬頷《うなず》きかけた心愛だったが、言葉の意味を理解したのか慌てて否定する。

「というかここっち、さっきからボーッとしてない？　大丈夫？　体調でも悪い？」

「え？　え……え、いえ！　特になにもないですよ！」

平静を装っているが、動揺を隠し切れない心愛。

ふと、先日の体育の授業の光景が脳裏に浮かんだ。心愛が他の女子にボールをぶつけられて、嫌がらせをされている時のものだ。その後に、春日井から聞いた話も思い出す。

「本当になにもないのか？」

「なにもないですよ。昨晩、夜更かしをしていたので頭が働かなかっただけです。悠のせいで、ゲームにのめりこんでしまったので」

「ゲームって……まさかお前、俺に勝つためにわざわざあのゲームを買ったのか？　言えば貸してやったのに」

「それじゃサプライズにならないじゃないですか。いきなり強くなって驚かせたかったんです」

「今、自白してしまっている時点で、もうサプライズにはなりえないがな」

「あっ……」

心愛が、しまったという顔をした。

「と、とにかく、なにもありませんから」

だったらいいんだが……。

「なあ。お願いがあるんだが」

そこでぼそりと口を開いたのは、風間だった。

「誰でもいい、俺にちょっとだけ弁当を分けてくれないか」

　ランチタイムだというのに、さきほどから風間はなにも食べていなかった。

「どうしたんだ？　ダイエットでもしてるのか？」

「弁当を買う金がない」

「は？」

「昨日、ゲーセンでカツアゲされた子供を見つけてな。格好つけて財布の中身を全部あげてしまったんだ」

「お前は本当に不良なのか？　というか、後先考えて格好つけろよ」

「ばっか。天辺《てっぺん》を狙うような人間が細かいことなんて考えられるかよ」

「俺は細かいことが考えられない組織のトップなんて絶対に嫌だが」

「修介、くっそ受ける。ここっちがゆっちーにしてあげてるみたいに、明日からわたしがお弁当つくってあげよっか？」

「お、マジか？　でも春日井は購買部で弁当を買ってるよな」

「うん、わたしの料理クソヤバいからね。自分では食べたくないけど、他人に食べさせるのは練習にもなってちょうどいいかなって」

「人を練習台にするつもりか⁉」

　まあ、文字が酷いし、なんとなく料理もダメなイメージがあったけど、それは間違ってなかったか。

それにしても、そんな愉快な会話をしている最中でも、やっぱり心愛は上の空で。

……本当に、大丈夫なのか？


放課後、心愛からPINE《メッセージ》が飛んでくる。

ちょっと用事ができたので、先に帰っていて欲しいらしい。

『用事って？』

『……秘密です。大したことないですから、いちいち詮索しないでください』

『気になる』

『はあ、悠ってそんなにしつこい人でしたっけ。クラスメイトにお願いされて委員会の仕事を手伝うことになっただけですよ。では、これ以上この件で返信はしませんから！』

うーん、怪しすぎる。

昼休みのこともあるし、なんとなく心配だったので心愛の教室に立ち寄ってみたが、彼女の姿は見当たらなかった。

あいつの話を信用するなら、用事があると言ってたから、学校のどこかにはいるんだろうが。

なんか心配だな。ちょっと探し回ってみるか。

◆

部室棟の端に、軽音楽部と書かれた部屋がある。

部の名前は書かれているものの、学校が認可した部活ではなくただの空き室。いや、昔は認可していたのか。入部志望者がいなくなり、部としての体裁を保てなくなって、そのまま書類上は廃部になりただの溜《た》まり場《ば》と化していた場所だ。

数ヵ月前までは、勝手にここに集まって遊んでいた生徒が二名ほどいたが、片方は交通事故で亡くなり、もう片方もそれを切っ掛けに足を遠ざけた。

一人が先輩。そして、もう一人が俺。

ずっと近付く気になれなかったこの場所に、心愛を探し回って校内をぶらぶらしているうちに辿《たど》り着《つ》いてしまった。

あの日以降、入ることができなかった部屋。

「こんな場所にいるはずはないんだがな」

部室の脇にあるポストに、かつてこの部に所属していた大先輩がつくったという合鍵が入っている。ポストの中を確認すると、それは以前と変わらずそこにあった。

鍵を取り、部室の扉を開ける。そして、ひんやりとした部屋に足を踏み入れた。当然、部屋には誰もいない。しばらく人が入ってなかったせいか、空気が少し埃《ほこり》っぽい。

部屋の中央にはよく先輩が座っていた机と、遊ぶように弾いていたギターが、当時の状態のまま放置されていた。

片付けられないままのギターは、また先輩がやってくるのを待っているかのようで。止《とど》まっているかのようで。次のシチュエーションに進むことのできない、映画のワンシーンのようで。まるで、この場所だけ、時間が動かずに停止してしまったかのよう。

『カラーバス効果とかカクテルパーティ効果って知ってる？　人間はね、見たい情報を自然と集めてしまうところがあるんだ。浴びるように情報が流れてきても、必死に自分が見たいものだけを探して、自分が受け取りたいように解釈してしまう。フィルターってやつだよね。先入観にも似てる。こっちはラベリング効果っていうのかな』

『私ね、実はネガティブ気質なんだ。本当はね。油断すると、すぐにダメになっちゃう。それがわかってるから、なるべく明るい情報だけ集めるようにしてるの。名前だって怜子《れいこ》だよ。蓬田《あいだ》怜子《れいこ》。語呂は悪くないんだけどね。でもさ、れいって要するに0《ゼロ》だよなーって。あ、笑わないでよ、こういうの気にするタイプなんだから』

『0《ゼロ》は中二で格好いい？　えー、そうかなー。ま、だからね、なるべく前に進めるように気を持つし、出来るだけ前が向けるように視界も整える。え？　なにが言いたいのか、って？　今から、この部屋を掃除しまーす！』

『落ちてる時に目に入っちゃうのがダメなの、まずは認識を正さないとね。病は気から、部屋の汚れは心の汚れ。気分が落ちこんだら部屋を掃除しなきゃダメだからね。以前のまんまってのが、一番よくないんだから』

ふと、いつだったか、こんな話をしたことを思い出した。

そういえば先輩も、心愛みたいなことを言ってたことがあったんだっけ。

「ははっ……って、なんで俺笑ってるんだ？」

なにがおかしいのか自分でもわからないけど、気付けば自然と笑みがこぼれていた。

——そうだな。せっかく来たんだ。

俺は、出しっぱなしのギターを手に取ると、部室の端に置かれていたギターケースに収納した。

いつか、この部屋をどこかの部活が使うかもしれない。その時、散らかったままだというのは悪いし、そんなんじゃ先輩に怒られてしまうだろう。

散らかっていたものを、ひとつひとつ元の場所に戻していく。

止まっていた映画が、ようやく次のシーンに進んだみたいだ。

なんとなく、そんなことを思った。

◆

「さて」

片付けを終え、思い残すこともなくなり、部室から出る。

次はどこに行ってみようか。校舎内はひととおり回ったし……グラウンド？　そういえば、心愛に嫌がらせをしているかもしれない早乙女とかいうやつは、サッカー部だったっけ。

ま、一応行ってみるだけ、行ってみるか。

そんなことを考えながら歩いていると――。

「ねえねえ、見た？　白雪の焦った顔。あいつの日記パクってやったら、めっちゃパニクってやがったの。面白くない？」

ケラケラと、女子二人組が笑いながら歩いてくる。

彼女たちの顔には見覚えがあった。先日、体育館で心愛にボールをぶつけていたやつらだ。

「んでさー、白雪ってまだ探してんのー？　あんなに慌てるなら学校に持ってこなきゃいいのにさー」

「肌身離さずーってやつなんじゃねー？　よくしらんけど。あー、ほんっとウケる。あいつ前から嫌いだったしスカっとしたわ。キャラつくってんのかしらないけど、男に媚《こ》び売りすぎだっつーの」

「わかるー。はやいとこ早乙女くんに報告してやんないとね。絶対喜んでくれると思うわー」

…………。

思考のち、理解。

ああ、なるほど。

昼休みに心愛の様子がおかしかった理由と、放課後どこかに行ってしまった理由と、ぜんぶ理解した。俺が感じていた胸騒ぎは的中、どうやら俺の勘ってやつも、中々信用できるみたいだな。

無意識のうちに、女子生徒たちの方に足を踏み出す。

「誰に報告するって？」

怒るのは得意ではない。疲れるからだ。怒りなんてものは、普通であれば他人への期待が裏切られるから起こるものであって、最初から期待なんてしなければそんな非合理的なことはしなくて済むはず。そう思って生きていた。

それでも。

たまに、なんとなく、突発的にイラっとしてしまうことがあって。

「……は？」

女子生徒たちが、俺の顔を見て固まった。

「ちょっと話を聞かせてくれないか？」

◆

学校まで日記を持ってきた、私がバカだったのだ。

放課後、心当たりのある場所を必死に探し回りながら、そんな言葉と後悔が何度も頭の中を巡った。

普段から持ち歩いていれば直接メモできるし、なによりも天邪鬼《あまのじゃく》な自分が素直になるための御《お》守《まも》りになるのではないかと考えていた。その結果がこれ《日記をなくした》だ。最近、悠と距離を詰められてるから、ちょっと浮かれていたのかもしれない。自業自得である。

だが、何故なくなってしまったのか。どこかに落とした？　でも、鞄《かばん》に入れているものが簡単に落ちるだろうか。

ひととおり校舎内を探し回ったあと、登下校の道を隈《くま》無《な》く探して、自宅まで確認してきた。でも、結局見つからなかったので、また学校に戻ってきた。そして今は、校舎内を必死に探し回っている。

やはり、落としたわけではない？　たとえば、誰かが私の鞄から盗んだとか。だがなんのために？　可能性としてあるのは——たとえば、私を嫌っている人間の嫌がらせ、とか。最近、同じクラスの女子たちが嫌がらせをしてくるのにも気付いていた。きっと、早乙女くんを振ってしまったことが切っ掛けだろう。

だが、それを疑うのは、まず他の可能性を完璧に潰してからでないとダメだ。誰かを疑うのは大変失礼な行為だし、もし違っていたら迷惑にもなるし、少しだけ自分の心配もすれば、嫌がらせが激しくなる可能性だってある。

疑わしい相手はいるけど、慎重にならなければならない。

なにより、誰かに日記について尋ねて、その内容を聞かれた時にどう答えるつもりだ。私の代わりに他の人が拾って、確認するために中を読んだら？　いやだ、死にたくなってしまう。耐えられない。

というか、もし誰かが嫌がらせで盗んでいたとしたら、あの中身を読んでいるのでは？それがクラスに知れ渡ったらどうする？　クラスメイトたちはまだいい。なにより知られたくないのは――悠。

やっぱり、どうして私は日記をわざわざ持ち歩いてしまったのだろう。

そんなことを考えながら歩いていた時。

「ちょっと話を聞かせてくれないか？」

聞き逃すわけがない声。近くから悠の声が聞こえた。

そちらを見ると、何故かそこには、私を嫌っているであろうクラスメイトの二人が一緒にいて――。

その時、クラスメイトのうち片方が私の存在に気付いた。刹那、こちらを見て、にたあっと笑みを浮かべる。

その瞬間。悠がなにをしていて、彼女たちとなにを喋っていたのか理解した。

悠の表情は怖い。滅多にみせない、静かに怒った顔だ。知ってる。昔、私が苛められた時も、こういう顔をしていたから。

「白雪、ちょうどいいところにいるじゃん。勇気が出せないんだろ？　だったら、私たちが代わりに伝えてやるよ。お前の想い人にさ。悠くん、白雪はお前のことが――」

「っ――や、やめっ――」

「好きなんだって」


日記の内容が。私が漏らさないようにしていた気持ちが。

一番聞かれたくない相手に、伝わってしまった。

◆

「白雪はさー、お前のことが好きなんだって」

名前も知らない女子生徒が、俺に向かってそんなことを言い放つ。にたにたと趣味の悪い、邪悪な笑みを浮かべながら。

…………。

心愛の方を見た。

泣きそうな顔で、心配そうに俺の方を窺《うかが》っていた彼女と目が合う。

「幼なじみなんだっけ～？　好きだったけど恋人がいるから手が出せなかったらしいんですわ。でも、恋人が亡くなってラッキーってなったから、アンタに手を出そうとしてるみたいよ？　日記にいっぱい書いてあった」

「根っからの泥棒猫気質！　男に媚びるの上手すぎ。早乙女くんにもそうやって色目使ったんだろうね。きゃはは！」

…………。

なにも面白い話はないのに、目の前の二人は不快な笑い声をあげながら笑い合う。

「ま、こいつ性悪なんでやめた方がいいっすよ。こんなのに騙《だま》されたら絶対後悔するか――」

パチイイイイイイイイイイイイイイン！

気が付けば、不快なことを喋り続ける女の右頬を平手打ちしていた。

不快すぎて聞くに堪えなかったから、黙らせようと思ったのだ。

「ってえええええな！　てめえなに――」

反対側から、もう一度平手打ちする。

「おまっ、女相手にそんな――」

もう片方の女が抗議してきたが。

「知るか。これはお前の仲間が不快な分な」

今度は反対から、もう一度ビンタ。

男も女も関係あるか、クソはクソだし、これこそがジェンダーフリーでポリティカル・コレクトネスじゃ。差別しないぞ。

とはいえ、やっぱり女の子に手をあげるのは気が引ける。グーにできなかったもんな。だから、平手打ちなのであって、俺の理性を褒めて欲しい。

三連発のビンタをお見舞いした女子生徒は、真っ赤になった頬を手でさすりながら、心愛よりも泣きそうになっている。まあ、全力だったもんな、痛いよな。ごめんな、喧嘩《けんか》とか全然得意じゃないから、手加減できないんだ。

「心愛から盗んだ日記を渡せ」

「………………」

「俯《うつむ》いてないで！　いいから渡せ！」

「……は、はいっ！」

今度は敬語かよ、さっきまでぎゃはぎゃは言ってたのにキャラが変わりすぎだろ。

頬をぶった女子生徒が、可愛らしい装丁の白い日記帳を取り出した。よく見ると、ゲームセンターで一緒に撮ったプリントシールが貼ってある。

恥ずかしさを感じながらそれを受け取ると、そのまま心愛に差し出した。

「ほら、お前の日記帳」

「……え、ええ。あ、ありがとうございます」

心愛が俺から、日記帳を受け取る。

そして、そそくさと日記帳を鞄にしまうと、そのまま無言で俺の方をジッと見る。

「…………………」

…………。

「…………………」

どうして心愛が押し黙ってしまったのかは、わかる。

まあ、その、俺にだけは知られたくなかったであろうことを、そこの馬鹿二人にバラされてしまったわけだ。

心愛が今なにを考えているのかはわからないが、心中平穏でないことだけはわかった。

あるいは、混乱のあまり思考がショートしてしまっているか。

とはいえ、この状況で俺からこの話を切り出すのもなんか違うよな。むしろ、なにをどう言えばいいんだ？

――俺のこと好きだったの？

いやいや、そんな気軽に聞いていくようなことでもないだろう。

あー、うー、ええっと……。

「あの時のプリントシール、日記に貼ったのな」

「っ――！」

背を向けた心愛が、急に走って逃げ出した。

しまった、かける言葉をミスったか？　いや、話題がなかったから、思い浮かんだことを口にしただけなんだが！

「おい、ちょっと心愛！」

「〜〜〜〜！」

俺も慌てて心愛を追いかけようと——。

「あ、こっちです先生！　あの男子が女子に暴力を振るっていました！」

「くうううう、職員室で優雅にソシャゲ周回してたら、喧嘩で呼び出されるとかどんな嫌がらせ？　狙ってやってたら陰湿すぎる……って、沢渡くんじゃないですか。いったいなにを？」

げ、軽い騒ぎになってる⁉

「紙代《かみしろ》先生⁉　いや、べつに喧嘩をしていたわけじゃなくてですね」

「でもそこの女子、泣いてるじゃないですか。沢渡くんが泣かしたんでしょう？」

「そうですけど、それには事情があってですね……」

ああ、心愛の姿が見えなくなってしまった！

◆

ひさびさに一人で下校する。

だって、心愛に置いていかれたんだもの。いや、違うな。逃げられたのか。ぴえん。

――まあ、大して時間もかからずに解放されてよかった。

救いは、あの場にやってきたのが紙代先生だったことだろうか。

心愛が大事にしていた日記を盗まれたこと、内容を馬鹿にしてきたこと。それらを説明したら、先生はそれ以上俺を責めるようなことはなかったし、女子生徒二人もなにか言ってくるようなことはなかった。

日記の内容は心愛のプライベートなので当然黙っておいたが、それについても察してくれた。俺の人となりを知っていて空気も読める、そんな紙代先生だったからこそスムーズにいったことだ。

いやほんと、あそこで面倒な教師に捕まらなくてよかった。

それにしても、心愛はどうしたのだろうか。

あのまま逃げて家に帰ったのかな。あいつの性格的に、そのまま帰らないような気はするんだけど。なんとなく。

どこかで落ちこんでるのかな。心配になる。

「あれ？？？？　悠くんじゃーん！！！！」

と。

背後から聞き覚えのある訛《なま》った言葉が聞こえる。

振り向くと、見知ったチャイナ服姿の少女がそこにいた。手には出前用のおかもちを持っている。

「天々《てんてん》。出前中か？」

「うん。だから急がないと、話している場合じゃないのよね」

「すまん、足止めしちゃって。仕事頑張れよ」

「あははっ、ありがとう！！！！　あ、そういえば～……さっき、心愛ちゃんが公園で泣いてたけど、なにか知ってる？？？？」

「いや、出前を急ぐんじゃなかったのかよ――って、心愛がなんだって？」

「心愛ちゃんが泣いてた。公園で」

ああ、直帰せずにあの公園に行ったのか。

どうやら、俺のなんとなくは当たっていたようだ。

まだ、泣いているのだろうか。

◆

公園に足を踏み入れると、古い鎖の軋《きし》むような音が聞こえてきた。ブランコの音だ。近付き、確認してみると、ぶらぶらと遊具を揺らす心愛の姿があった。

心愛は、俺の気配にまったく気が付かない程度にぼーっとしていた。いや、ぼーっとしているのかはわからないか。考え事をしているのかもしれない。とにかく、俺の気配に気付かないほどに、自分の世界に入りこんでいる。

……ふむ。

だったらと、気配を消し、視界に入らない背後へと回りこむ。足音を立てないようにそっと近付いて、背中に向かって、

「わっ」

と、声をあげた。

「きゃあああああああああああああああああああああああ！」

心愛が、ブランコから立ち上がりながら絶叫する。

そして、すぐに振り返りながら、ギロリと睨み付けてきた。

「いきなりなにをしてくるんですか！　寿命が縮むかと思いましたよ！　だいたい、どうしてこんなところに悠が……って……」

心愛の顔から、一瞬表情が消えた。思考が滝のように流れて、脳が追いつかなくなってしまったのか。もし心愛がコンピューターであったとすれば、フリーズしたとか、そういう表現が妥当なのかもしれない。

それから、ぼうっと燃えるように真っ赤な表情へと変わる。照れてるような、恥ずかしいような、焦ってるような、動揺の二文字がありありと伝わってくるような顔。

「な、な、な……なんで悠がいるんですか⁉」

「なんでって、ここに心愛がいるって天々に聞いたから？」

「聞いたからって、えっと、そんな、そんな……」

刹那、心愛がとっさに背を向け、再び逃げようとする。俺は慌てて手を伸ばし、逃げられないよう彼女の右腕を摑《つか》んだ。

「な、なにをするんですか！　逃がしてください！」

「だから落ち着けって。逃げる意味がわからない」

「わからないって、わかってるでしょう。私の、その、日記を、見たなら！」

「べつに日記を覗《のぞ》いちゃいないよ。内容については、あの女子たちから聞かされたけどな」

「やっぱり知ってるんじゃないですか！」

「ああもう、とにかく逃げてどうするつもりだよ。家に戻ったところで、隣に住んでるのは俺だぞ？　学校でも顔を合わせる」

「それは、そうですが……」

「まあ、落ち着くまで放っておいて欲しいって言うなら、そうするんだがさ」

俺がそこまで言うと、心愛は逃げることを諦めたのか、彼女の身体からすうっと力が脱《ぬ》けた。

「……悠は」

「うん？」

「悠は、よくそんななんでもない風でいられますね」

えーっと、それは。

「心愛の気持ちを知って、俺が普通すぎるって話？」

「それ以外になにが」

「べつに、普通ってわけじゃないぞ。今も内心緊張してるし、ちょっと恥ずかしい」

「嘘《うそ》ですよ。普段通りです」

「嘘じゃない」

「……そんなこと、知ってます」

なんなんだよ。今、自分で嘘って言ったばかりじゃないか。

「…………」

「…………」

そして、沈黙。

互いに牽制《けんせい》しあうように口を噤《つぐ》みながら、相手の様子を窺った。

ちらちらと、互いに視線を飛ばしあっては、偶《たま》にぶつかって顔を逸《そ》らす。

「……まあ、なんとなく、わかってたし」

「わかってたんですか⁉」

「なんとなく、だけどな」

そう、予感はあったのだ。

心愛は俺のことが好きなのではないかって。

「心愛ってわかりやすいし」

「だったら、そのわかりやすい私の気持ちに、長い間気付かなかった悠はなんなんですか。鈍チンですか」

「鈍い方なのは否定しないさ。ずっと気付いてなかったのは本当だし。その……なんだ、ごめんな。これまで、気付いてなくて」

思えば、ヒントはたくさんあった。

心愛が怒っていたことや、拗《す》ねていたこととか、振り返ってみれば申し訳ないことをしたなと思う場面が、いっぱい。

「……ズルいです。また、そうやって、素直に謝るなんて」

「悪いことをしたら正直に謝るって決めてるんだよ」

「なんですかいい子ぶって。私の心を盗んだ悪い子のくせに」

いや、盗もうとして盗んだつもりはないんだが。というかなんだよその言い回し。人のことキザとか言っておいて、心愛も大概だろ。

…………。

「あのさ、俺はまだ気持ちの整理がついてなくてさ。まだ、その、先輩のことを、どうしても引きずってるというか」

「知ってます」

「でもさ、その、心愛と付き合うとかそういうのはよくわからないけど、少しずつ俺も次に進みたいっつーかさ……」

なんて言えばいいんだ、こういう時は。

「だから、とりあえずは、幼なじみ以上の関係からってことであれば」

「幼なじみ、以上？」

再び、心愛が固まった。

ジッと、無言のまま、呆気《あっけ》に取られたような表情で、しばらく俺を見つめ続ける。

そして――。

「ふふっ、なんですか、それ」

「なぜ笑う」

「意味がわからないからですよ。幼なじみに以上も以下もないでしょう」

「あるんだよ。今決めた」

「なんですかそれ」

くすくすと、心愛が笑い続ける。

なにがおかしいのか、俺は真面目に言ったつもりなんだが。まあ、なんだか気まずい空気もなくなったし、これでいいか。

「では、改めて。これからよろしくお願いしますね、悠」

「ああ、こちらこそ。心愛」

◆

翌日の放課後。

心愛に所用ができたと告げて先に帰ってもらった俺は、サッカー部が終わるのを待って、部活棟の裏に早乙女を呼び出した。

「キミ、誰？」

開口一番、失礼な物言いの洗礼を受ける。

敵意というよりは無関心。最初、心愛のお母さんにも向けられたやつだ。興味がないとか、関心がないとか、そんな感じの対応。

当然ではあるが、このイケメンは学校内ヒエラルキーにおいて下層に位置する俺なんかのことは、興味もわかない虫けら以下くらいにしか思ってなさそうである。

「沢渡っていうが、べつに俺の名前なんかに興味はないだろ？　単刀直入に、白雪心愛のことで話がしたいんだ」

早乙女の眉毛がピクリと吊《つ》り上《あ》がった。

「ああ、キミって確か、最近白雪さんと親しそうにしていた……幼なじみなんだっけ？　へえ、なに？」

こいつ、心愛を狙っていたらしいが、俺のことまで調べてるのかよ。素直に気持ちが悪いんだが。

「お前、取り巻きの女子に言って心愛に嫌がらせしてたよな」

「はっ、なんの根拠があってそんな話を」

「心愛から日記を盗んで盛り上がってた、お前の取り巻きの女が話していたのを聞いたんだよ」

「…………」

余裕そうだった早乙女の表情が一転する。

「ちっ、あいつらなにしてくれてるんだ」

こいつ、爽やかなキャラで人気があるんじゃなかったっけ。春日井からの情報通り、本当に裏表が激しいタイプみたいだな。

「んで、それで？　キミはどうしたいんだ？」

「望みを言ったら叶《かな》えてくれるのか？」

「あはは、まさか。ボクがなにかやっていたとしても証拠なんてないし」

は～、よかった。

正直かなり頭にきていたからな、これで万が一相手がいいやつだったりしたらどうしようかと危惧していた。

ついでに、想像以上に馬鹿で助かった。

まあ、このあたりも春日井に事前に聞いていた情報ではあるのだが、どうもこの早乙女くんは男の前ではあまりキャラをつくらないらしい。

すぐにボロを出す、という話だった。

「そうか。まあ、これで証拠は残ったわけだが」

「……は？」

俺は、早乙女にスマホを見せつける。

この会話を録音するために、ボイスメモのアプリを起動させておいたものだ。

「音声はすべて録音させてもらったってことだよ」

「っ――！」

刹那、早乙女が右拳を振り上げたかと思うと、がつんとした衝撃が俺を襲った。脳が揺れ、視界がぐらつく。

すかさず俺はスマホを守るように鞄に放ると、顔を守るようにして両手を構えた。どうやら早乙女に殴られてしまったらしい。

こいつ、喧嘩も手を出すのがはやすぎだろ。そういうのは女だけにしとけよ。

「スマホを寄越せ！」

「無駄だぞ、データは自宅のパソコンに転送したからな」

「だったらデータを消せっ！」

「こっちの要求に従ってくれるなら流出しない」

内心ちょっとビビりながら、顔に出さないようにして告げた。

相手は腐っても運動部だ。毎日筋トレをして身体を鍛えてるに違いない。対して、俺はインドア派の帰宅部だ。

まともに組み合っても勝てないだろう。

それに、喧嘩をやって先生にバレでもしたら面倒だ。

あと、変にこいつの恨みを買うのも嫌だしな。俺だけならまだしも、心愛にまで危害が加わる可能性がある。それは絶対に避けたい。

「もう二度と心愛に危害を加えるな。取り巻きの女子たちにもなにもするなと伝えろ。俺の要求はそれだけだよ」

「………………」

「上から言われるのが嫌か？　だったら言い換える。お願いだ。もう二度とあいつに迷惑をかけないでやってくれ。もちろん、俺にもな」

心愛の親にも土下座をした俺だ、ここでイキり散らかすような性格でもない。溜飲《りゅういん》を下げたいわけでもなかった。

一発殴られたのも腹が立つが、まあこのくらいで面倒が片付くならとも思える。

すると、早乙女は激昂《げきこう》していた表情から、不快そうな、でもどこか困ったような表情へと変わって。

「……ちっ、わかったよ。もう二度とああいうことがないようにするから絶対に黙っとけよ。いいな？」

「ああ。そっちこそ、二度と嫌がらせしないでくれ」

「わかってるって。ちっ、なんか調子狂うやつ」

不快そうにそう言い捨てると、その場から居なくなってしまった。

俺はその背中を見送って、大きく溜息をつく。

はあ、これで一件落着だといいが。

とりあえず春日井に女子たちの様子を気にかけてもらうようにお願いするか。なにか変なことがあったら教えてもらおう。風間も……ああ見えて不良だし、協力してもらえることがあるかもしれない。

さて、じゃあ用も済んだし帰ろうか——と思ったところで、左頬がずきりと痛むことに気付いた。

あいつ、結構本気で殴ってきてたよな。気付いていなかったが、実は結構腫れ上がっていたらしい。

面倒だからこのまま帰ってもいいけど——。

ふと、先日授業で心愛が怪我した時、無理矢理保健室に連れて行ったことを思い出す。偉そうに治療しろとか言ったっけ。

…………。

保健室、まだ開いてるかな。

「転《こ》けたら地面に大きな石があって、左頬にぶつけてしまった。それで偶然殴られたみたいになった……ふむ……」

保健室の花守先生が、俺の頬にガーゼを当てながら、じーっと疑うような眼差《まなざ》しを向けてくる。

「まあ、いいんだけどね。へるしがなにを言っても、どうせこれ以上教えてくれないんだろうし。せいぜい、わたしが残っていたことに感謝しとけばいいんだ」

「感謝してますよ。残っていたことも、それ以上聞かないことも」

やってきて気付いたが、本来ならもう保健室は閉まっていてもおかしくない時間だった。今日は偶然、花守先生が残って仕事を片付けていたらしい。

「聞かないとは言ってないけど～」

「え、聞かないでくださいよ」

「えー、どうしよっかなー」

「お願いですって。そしてついでに、このことは、他言無用にしてください」

「え、どうして？」

「その、まあ、あまりバレたくない相手がいるというか……」

「えー、どうしよっかなー」

おのれ花守先生。

「まあ、黙秘してあげてもいいですけど。ちゃんと黙っておける大人なへるしに感謝してよね」

「……ええ、感謝してます」

いや、あんた大人だろうというつっこみはやめておく。

しかしほんと、どこかで心愛に話が漏れたら面倒だからな。早乙女に喧嘩を売ったなんて知られたら、心配されたあとに怒られてしまう。

ふと、昔、心愛が理由で喧嘩をした時のことを思い出した。

幼い頃、心愛が近所の男子たちにからかわれて、そのことでイラっとしてしまった俺が手を出してしまった——そんな感情的な若気の至りの話だ。

感情的なのは今も変わらないかもな。早乙女に喧嘩を売ったのも、嫌がらせを止めさせたかったというよりも、あいつへの苛立《いらだ》ちの方が大きかった気もするし。

昔と違うことといえば、自分が喧嘩をした理由がなんとなくではないところ、くらいだろうか。

と、花守先生と話していると、ガラガラガラという保健室が開く音とともに、今一番逢《あ》いたくなかった相手の顔が室内を覗いた。

「あれ、白雪さん。いらっしゃーい」

花守先生が、予想外の客を出迎える。

「やっぱり、まだ学校にいましたか」

「げっ、心愛……」

「なんでそんなに嫌そうな顔をしますかね。そして、なんですかその顔は」

「いや、これは……」

「私が嫌がらせを受けているという話でも聞いて、早乙女くんと喧嘩でもしたんですか？」

――ぎくり。

まるでこちらの心を見透かしているかのように、心愛が言ってくる。

「そ、そんなことはないが……」

「ありそうですね」

はあ、と心愛が大きな溜息を吐いた。

「わかってるんです。私は悠に詳しいんですから」

………。

まあ、もうごまかしようもないか。

「ま、心配しなくていいぞ。ちーっと取引的なことをしてたら、一発殴られただけだから。べつに喧嘩をしたわけでもないし。というか、なんで心愛がまだ学校にいるんだよ」

「悠が心配になって探してたんですよ。なにかあるような気がして」

「な、なんでわざわざそんな……」

「それを悠が言いますか？　先日、私のことが気がかりで放課後学校中を散策してたらしい悠が」

「うっ――」

確かに、まったく同じことをやってたよな、俺。

「本当に……本当に……そんな、私のせいで……」

と。

心愛の瞳に、大粒の涙が浮かぶ。

やばっ……これ、泣き出しているのでは。

「ああ、だから心愛のせいじゃないって。いや、心愛のことでこうなったのは確かだけど、そうじゃなくて俺のためというか」

「でも、私のためじゃないですか……ううっ……」

あ〜……。

治療はもう終わったみたいなので、花守先生に一礼して立ち上がり、心愛の頭をそっとぽんぽんと撫《な》でてやった。

そのまま俺に体重を預けるようにして、胸元に顔を押しつける。

「まあ、なんだ。テストの時は俺が迷惑かけたわけだし、おあいこってことでさ」

「あれは母親のことでチャラになってます。私が貸し一です」

「だったら、アイスの奢《おご》りをちょっと減らしてくれ。それで手を打とう」

「馬鹿……本当に馬鹿、大馬鹿です……」

そのままぐずぐずと俺の胸元で泣き出す心愛。

まあ、なんだ。

「その、心配かけてすまなかった」

「なんで謝るんですか！」

どうしろと⁉

仕方がない。しばらく胸を貸して優しく頭を撫でてやる。落ち着くまでこうしてやることにしよう。

…………。

「で、へるしはどうしたらいいの？」

◆

「は～、ようやくこのメンバーでカラオケだよ。これまで長かった。ようやく優勝できた……」

カラオケボックスにて、春日井がマイクを握りしめながら言った。

「くくっ、オレもこの機会をずーっと待ってたぜ。カラオケに復讐《リベンジ》するチャンスをよお！」

「修介、いっぱい歌うぞー！　デュエットとかしちゃう？」

「くくっ、いいぜぇ。オレについてこれるか？」

あの二人、仲いいよな……。

「つーか風間、この間は女と馴《な》れ合《あ》うつもりなんてねえんだよ、とか言ってなかったっけ……デュエットしちゃうの？」

「ばっか、オレはお前と違って振り返らない男だからな。昨日なにを言ったかなんて覚え

てねえ」

「でもさ、自分の発言に責任を持つのが、男ってもんじゃないの？　そうでもない？」

「ばっか、侮るな。オレは一度言ったことを絶対に忘れねえよ」

「あはは、修介、秒で発言が矛盾してる」

「お前ら本当に仲いいな……」

——今日は、試験直後にやると言っていたカラオケのリベンジだった。

言いだしたのは春日井。今日まで来なかったのは、あの日カラオケに入ってしまった俺と心愛に遠慮をしていたからだろう。

さきほどから、二人はひっきりなしに曲を入れて盛り上がっていた。それはもう、俺と心愛が曲を入れる必要なんてないのではないかというくらいに。

隣に座る心愛はといえば、曲を入れるための端末を触りながら、何度もうーんと唸《うな》っている。あの二人に遠慮しているのだろうか。歌いたいなら歌えばいいと思うのだが。

すると、心愛が俺の視線に気付いてこちらを見た。やがて慌てるように、ハっとなって口を開いて。

「あ、あの……！」

「な、なんだ？　どうした？」

「ええっと、その、あの……」

心愛が、なにかを言おうとして言葉を止める。言いたいけど言えない。言い出せないそんな態度。緊張している様子が伝わってくるので、こちらまで身構えてしまう。

「あの二人も、一緒に歌ってることですし、あの、その」

……なるほど。

「いいぞ。一緒に歌おう」

「え、ま、まだ何も言ってないのに、なんで勝手に決めつけるんですか」

「違うのか？」

「違わないです、けど」

「合ってるんじゃないか」

めんどくさいやつ。

でもまあ、それが心愛の可愛らしいところなのかもしれない、なんて。


その日、帰ってきてリビングで二人でゲームをした。俺に勝つために練習していたというレースゲームだ。

「くっ、お前本当に強くなってるな」

「こう見えて、負けっぱなしではいられない女なんです」

「知ってるよ。負けん気が強いもんな」

先日までは俺の圧勝だったというのに、今日は何度やっても心愛に勝てない。一通りコースを回り終わる頃には、ポイントで大差をつけられてしまう。

「もう相手にもなりませんね。今度は悠が練習をする番です」

「イキりすぎだろ。そんなに俺に勝ちたかったのか？」

「そりゃあ勝ちたかったですよ。いつも負けてばかりですし」

「いつもって、俺そんなにお前に勝ってたっけ」

「それは……」

コントローラーを握ったまま、心愛の顔がぽーっと真っ赤に染まった。彼女がなにを言いたかったのかを理解して、こちらまで気まずくなる。

最近、こういう流れが多いな。

「と、とにかく、負けたくないんです！」

「お、おう」

……しかし、不思議なもんだな。

心愛とは、つい先日まで険悪だったはずなのに、今では砂糖菓子のように甘い。

まあ、彼女の気持ちを知ってからまだ日が浅いし、まだどのように向き合えばいいのかわからないところも多くて、今後どうなっていくのかはわからないけど。

なんとなく、感じていることは、俺は心愛のことを異性として認識し始めているということ。これは、以前まではなかった感情だ。

もし、先輩との想い出に後ろ髪を引かれる気持ちがなければ、すぐにでも付き合ってしまうのかもしれない。

だけど、ずるいのはわかってるけど、今はもう少しだけ、この関係に甘えていたいなと、そんな風にも思う。

……もう、少しだけ。胸を張って、心愛の気持ちと向き合うことができたら。その時はきっと。

「そ、そうだ。コーヒー淹《い》れてきます！　悠も飲みますよね」

気まずい空気を払うようにして、心愛が立ち上がった。

「ああ。俺の分も頼む。——と、あ、そうだ」

「うん？」

「俺も一個、砂糖を入れてくれ」

◆

悠にゲームで快勝して気分がよかった私は、お風呂に入ったあとベランダに出た。

季節はそろそろ夏。昼間は少し蒸し暑いが、夜風に当たると快適で、最近は風呂上がりにベランダに出るのが日課となっている。

互いに気配を感じ取ってか、隣の悠と鉢合わせすることも多いが、今日はいないみたいだ。今はお風呂にでも入っているところだろうか。

地上に咲く人工的な光を見下ろす。

星の光は天性の資質で、生まれながら自然と人の目を惹《ひ》いてしまうわけだが、地上の光は誰かがつくった後天的なものだ。でも、そんな紛《まが》いものの光が、誰かの目を惹こうと必死に頑張っているようにも思えて、時折愛おしくなる。

「星のような特別なものに頼らなくても、地べたから照らす幾重もの光が暗闇を晴らせるのだと知れば、それほど心強い現実もないものだ」

ふと、誰かさんの言葉を呟《つぶや》いていた。

「そうですね、力強いものです」

相手は強大だ。

悠の心をすぐに奪った夜空の星であり、これから先、決して光が鈍ることのない停滞した人だ。

生きてさえいれば、進む時間の中で欠点が見えることもある。

でも死人は停《と》まっているが故に、悪いところを見せない。それどころか、もう手に入らない過去への羨望と補正から、勝手に美化され理想へと近付いていく。

そんな相手に、私は勝てるのだろうか。いや、勝たなきゃいけない。

私は、報われるために恋をしているのだから。

この苦い気持ちを、甘い未来に変えて。


ビターのちシュガー。

そんな日に至れるように。

第0・5章　先輩のち恋人

先輩と出会ったのは、中学生の頃。

当時の俺は今以上に周囲と馴染《なじ》まず、一人でいる自分に酔っていた。思春期の陰キャにありがちなアレだ。

集団でつるんだり、仲間意識を持つことをなんとなく恥ずかしがって、どこか見下すような——嫌なやつだった。まあ、今がいいやつかというと、そうでもない気がするが。

なんにせよ、そのような陰キャだった俺は、昼休みになると教室を抜けだして、一人心落ち着ける場所を探すことが多かった。一人でいると、誰かが気をつかって話しかけてきたり、なにかに誘ってきたりすることがある。それを避けるためだ。

なるべく、クラスのやつらに見られないような場所。図書室とか、中庭とか、いろんな場所を巡った——そんなある日、立ち入り禁止のはずの屋上の扉を開いたんだ。

聞こえてきたのは、声。

まるで、耳の奥から癒《いや》されていくような、美しい歌声だった。

屋上の中央、軽く踊るようにステップを踏みながら、声の主であるショートカットの女子生徒は、屋上への新たな侵入者の気配に気付くことなく歌い続けた。小学生の頃に流行《はや》っていた、懐かしくて有名な邦楽。

やがて歌が止まる。

声の主は、満足そうな笑みを浮かべながら伸びをして、そこでようやく俺の存在に気づき……固まった。

「もしかして、聴いてた？」

「え……えーっと。はい」

どうやら、聴いてはいけないものだったらしい。

「…………」

女子生徒の顔が、茹《ゆ》で蛸《だこ》のように真っ赤に染まる。

「きゃああああああ！　恥ずかしい！　マジで？　マジで聴いてたの？　ねえ、マジで？　マジで？」

「……忘れましょうか？」

「そんなこと出来るわけないでしょ！」

「ええっと……じゃあ、憶《おぼ》えておきます」

「忘れてよ！」

どうすればいいんだ。

歌声のわりに喧《やかま》しい女子生徒だな。

一番最初の印象は、そんな感じだった。

「はあ、ここだったら誰も来ないと思ってたのになあ。で、あなたはどうしてここに?」

「人がいない場所を探してたんです。一人でいるのが好きですから」

「ふーん、友達いないんだ」

「いないわけじゃないです、つくらないんです。先輩こそ、どうしてここに?」

「あら、どうして私が先輩だって思ったの?」

「学年章ですよ。俺は二年生、先輩は三年生」

この中学では制服の襟元に学年章がついている。

「あ、そっか。ええっとね、私はここで歌を練習していたの」

「歌の練習?」

「そう。バンドがやりたくて」

「やり……たくて? やってるわけではなく?」

「うん、まだ全然やってない。やりたいと思ったのは昨日」

「それで、学校の屋上で練習?」

「適度な緊張感っていうのかな。学校で歌ってたら、そういうものがあるから練習になるんじゃないかなって。屋上は人もいないしちょうどいい」

「実際に誰かやってきたら恥ずかしがってたわけですが」

「実際にくることは想定してなかったの! 恥ずかしいでしょ!」

そりゃまあ、こんなところで歌ってるのを誰かに見られたら恥ずかしいだろうな。

「しかし、いきなり練習なんて。実際にやるかも決まってないわけでしょ?」

「思い立ったが吉日って言うからね。私、昔から、即行動即実行をスローガンに生きてるんだ。やりたいって思ったら、そこがやり時だし、やらなきゃダメなの。合わなかったら止めればいい。迷ったり悩んだりする時間は勿体《もったい》ない」

「猪《いのしし》みたいな生き方ですね」

「あはは、いいね猪。前向きって感じがして褒められている感じが凄《すご》い」

褒めたつもりはなかったのだが。


でも、こんな返しをする先輩に、この時には既に、惹《ひ》かれ始めていた気もする。

陽気で、真《ま》っ直《す》ぐで、まるで太陽のような彼女を見た俺は、自分もこんな風に生きられたら楽しいだろうなって、そんなことを考え始めた。

クラスに同調するのに反抗して、馴染まないことだけを考えて、なにがしたいのかという行き先さえよくわからないままに毎日を過ごしていた自分の道標《みちしるべ》になってくれるのではないか、そんなことまで思うようになって。

気が付けば、昼休みになると、毎日のように屋上を訪れた。

先輩の歌をBGMに、寝転がって文庫本を読む。

「悠《ゆう》ちゃん、今なに読んでるの?　ラノベ?」

「残念ながらラノベです。悪いですか？」

「悪くはないよ。挿絵でパンツとか出てるえっちなやつ？」

「えっちではないです。挿絵でパンツは出てますけど」

「えっちなやつだ」

「べつにパンツが見えてるからって、えっちなわけじゃないですよ。内容はしっかり本格派というか、ギミックとか内面描写とか凄くて読了後に唸《うな》ってしまうシリーズですし、それとは別に女の子のパンツはパンツで必要なんです」

「わ。悠ちゃん、めっちゃ早口」

「……オタクなもので」

「まあまあ、好きなものを熱く語れるのは素敵だと思うよ。私も好きなものについて語ると早口になるしな～」

「たとえば？」

「クマムシとか。知ってる？　超低温にも高温にも耐えて、人間ならコロっと死んじゃうくらいの放射線を当ててもビクともしない地球上最強の微小生物なの。あ、クマって言ってるけど全然クマっぽくないよ。まあ、温暖化には弱いって話なんだけどね」

「そんなに好きなんすか？　クマムシ」

「私の『推し』だよ」

マジか。

「前々から先輩は変わってると思ってましたけど、やっぱり変わってましたね」

「あ、嬉《うれ》しい。変わってるって言われるの凄く好きなんだ。生きてる、って感じがするよね」

「やっぱり変わってますよね」

「でも、普通だなとか、凡庸だなって言われるよりは嬉しくない？」

「まあそれは確かに」

「ほら」


こんな話をしていた頃には、もう好きになっていたような気がする。

やがて、どちらから言うでもなく、一緒に下校するようになって。


ある秋の日。

二人で下校していると、途中馴染みのある顔を見かけた。

「あ……」

俺が声をかける前に、先に相手が気付いて小さく声を漏らす。

「心愛《ここあ》じゃないか」

「悠。それと……」

心愛が、俺の隣にいた先輩に視線を向けた。

「……はじめまして。白雪《しらゆき》心愛と言います」

「はじめまして。蓬田《あいだ》怜子《れいこ》って言います。三年生です」

「知ってます」

「え？」

「それじゃあ」

するとと心愛が、ペコリと頭を下げ、そそくさと立ち去ってしまう。

「急いでたのかな。あいつ、幼なじみなんです」

「幼なじみかあ」

先輩が、顎《あご》に手を当てて、はてとなにかを考えるような仕草をした。

「どうしたんすか？」

「いや、なんで知ってたのかなって。あと私、嫌われてる？　睨《にら》まれたような」

「気のせいじゃないすか？　あいつが先輩を嫌う理由はない気がしますけど」

「だといいんだけどな〜。……あ、そうだ、しばらく一緒に遊べなくなるかも」

「どうしたんですか、急に」

「そろそろ全力で受験勉強しなきゃってちょっと焦っちゃって。ほら、私こう見えても受験生だし」

「知ってますよ。というか、これまで焦ってなかったのがちょっと怖かったくらいですよ。志望校は学区一番の進学校ですし。ちゃんと勉強してるんすか？」

「失礼だな、ちゃんとやってるよ。でも、ずっと全力で走るのは難しいでしょう？　でも、そろそろギアを変える時期」

「なるほど。追い込みすね」

「そうそう。そういえば悠ちゃんは、どこの高校に行くか決めたの？」

「えーっと……なんとなく、ですが」

「え、どこ？」

「……秘密です」

「けち～」


まあ、この時はまだ決まってなかったんだけど、でもうっすらとこんなことを思ってたんだよな。

俺も月ヶ丘《つきがおか》に行きたい、と。

──そして先輩は受験に合格して、俺も先輩の後を追うことを決めた。

先輩に追いつくための猛勉強だ。

ある日、こんなPINE《メッセージ》を交わした。

『もし、受験に合格したら、話したいことがあるんです』

『え、なに？　今話せばいいんじゃないの？』

『合格してからじゃないとダメなんです』

『むー、わかった』


自分を追い込むために、そんな約束を交わして。

そして、もし同じ学校に入れたら、その時は――。


二人きりの部活中、二人だけの部室。

茜色《あかねいろ》に染まる静かな部屋で。

「ずっと好きでした。付き合ってください」

俺は、先輩に心の内を伝えた。

先輩は一瞬、驚いたような、戸惑うような、そんな表情を浮かべて目を泳がせた後、言葉を迷うようにゆっくりと口を開いた。

「え、えええ、そんな、付き合おうだなんて。弱ったなあ……仲良くさせてもらってたから、これまでも頭に浮かばなかったわけではないけど」

「先輩は俺のこと、どう思ってるんすか？」

そんな俺の言葉に、先輩はやっぱり戸惑うようにしながら。

「……私も、悠ちゃんのこと、好きだよ？　あはは、改めて口にするとなんだか照れるね」

――もしかしたら自分は、この時のために生きていたのかもしれない。

その言葉を聞いた瞬間、これまでの自分の人生がすべて肯定された気がした。

大袈裟《おおげさ》ではなく、自分にとっての先輩は、それだけ大きな存在で。

「じゃあ――」

「うん。今日からお願いします、悠ちゃん」

◆

――それから、色々あって。

先輩が亡くなって、俺は部屋に閉じこもって。

…………。

失恋した。

ひとことで済ませてしまえば、たったそれだけのことだが、自分のそれまでの人生を否定されたかのような――すべてを失ってしまったかのような体験だった。

もう少し大人になれば、年相応に経験した不幸と鈍化した感性から、こういった出来事も日常の一幕のように切って捨てることもできるのかもしれない。

でも、今の俺にはまだ、なにかを失うことへの耐性がついていなかったんだろうし、その覚悟もなかったということなのだろう。

あれから一週間もたったというのに、そのショックから出たと思われる高熱で、今はべッドの外に出ることもかなわない。

『ずっと一緒にいられるとは限らないでしょ〜？　依存されても困るぞ？』

そんなことを彼女は言っていたけど、まさか急に別れることになるなんて、思ってもいなくて。なんてことを思い出していると、彼女の潑溂《はつらつ》とした様子と口調が脳裏に浮かび、また気分が落ちこんできた。

「……情けない」

感傷的なマゾヒズムに浸りたいわけでもないのだ。

とりあえず、この件でひとつ勉強になったのは、俺が思っていたよりも精神的ダメージは肉体に反映してしまうらしいということ。

なにせ、こんな高熱が続くのは、生まれてからの十六年以上、一度も経験したことがなかったのだから。

——ピンポーン。

そんなことを考えながらベッドでもぞもぞしていると、チャイムが鳴った。ベッドからはいでるのもキツイ状況で、来客なんてふざけているのだろうか。

一人暮らしをしている以上、この来客は俺目当て。なにか通販でも頼んだっけかと記憶を手繰るが、該当しそうな心当たりはない。ならば、相手にするのも億劫《おっくう》な訪問営業の類いだろう。

このまま無視してしまって問題ない。そう思いながらチャイムをシカトしていると、今度は枕もとに置いていたスマホが震える。

スマホの画面にはメッセージアプリPINEからの通知。白雪心愛という名前と、「留守ですか?」というメッセージが表示されていた。

——止まっていた時間が、動き始める。

■あとがき

えっと、あとがきです。

講談社ラノベ文庫はおひさしぶりとなりますね。

初めましての方は初めまして、七烏未《ななうみ》です。

まあ、最近はラノベ自体頻繁に出せているというわけでもないのですが、今回はボクがウェブで書いていたものを出版させていただくという流れになりました。

今回の作品は初心に戻ってやってみたつもりです。なんだかんだ文章のお仕事も長く、そんな中でボク自身を改めたり、コンテンツ業界を取り巻く流れに思うことや考えることが沢山あったりもしつつ、そんな文脈の中でという感じです。

帯に丸戸史明《まるとふみあき》先生からありがたいコメントをいただいておりますが、ボク自身大体そんな感じのつもりで書いております。もちろん、今なら流行的にラブコメもやりやすいよなというのも多少はあったりはするんですが。

あ、丸戸先生の『冴えない彼女の育てかた』は富士見ファンタジア文庫さまより好評発売中です。小説はもちろんですが、劇場版公開を記念して発売された『冴えない彼女の育てかた ギャルゲーカバーソングコレクション』は、ギャルゲオジサンが聞いたら全身から血を噴いて倒れそうになる、中年オタクのマストアイテムです。

未購入の方はこの機会に是非！

閑話休題。なにげに長いんですよねボク。ただ長ければいいというものでもないと思ってますが、まあそこそこ長い。

一番最初にやった漫画のお仕事が世に出たのが２００４年の12月。当時はまだ学生だったりもして、そろそろ16年になるのですが……これだけ月日が流れると世の移り変わりも激しいものです。

昔はセンシティブ（隠語）なゲームを主戦場にシナリオやディレクションなどの業務を行っていたのですが、その後はラノベがメインで、最近はソーシャルやブラウザゲームのテキストまわりを主な業務としておりました。

ゲームも変わりましたし、出版も随分と様変わりしましたね。

一時期は飛ぶ鳥を落とす勢いだったガチャゲー業界も、レッドオーシャンを通りこして新作は死屍累々。ライトノベルは小説投稿サイトからの新作が増え、レーベルも増え、新作を売るハードルが一気に上がりました。

いわゆる二次元コンテンツと呼ばれる市場では、新しい文化や業界も花開いてますしね。他メディアとの競合、シェアの奪い合いもあります。ちょっと昔の話をしますと、オタク向けのパチスロが流行ったり、ニコニコ動画が流行ったり、まあこういうのは時代の常ですよね。

気が付けば、ニコ生でやってた『講談社ラノベ文庫チャンネル』も最終回を迎えてしまうというわけです。うーん、時が流れるのははやい。

まあ、そういう時の流れみたいなのは仕方のないことですから、結局は自分がなにをやりたいのかってのが大事ではないかと、最近は常々考えているわけです。

そんな中で、今回は一旦誰かだったり、編集部だったりと物をつくる作業から離れてみたいなあと考えたわけですね。

いや、この本を出版するにあたって担当の庄司《しょうじ》さんをはじめ、編集部の方々の力を借りているわけですが。もう少し、根本的な部分ででしょうか。人とものをつくってると、どうしても見えなくなっていくものとかも多いですしね。

人と話していくうちに合わせようとして流されちゃったり、逆に意固地になって意見が合わずまとまらなくなっちゃったり。企画自体が通らなかったりとかはまあ、仕方がないことなんですが。

これに関しては設定が地味ですから、あまりいい反応がもらえない気がしますね。でも、今こういうのが書きたかった。

同人ゲームもつくってみたいなあとかも、いろいろ考えたりはあったのですが。なんにせよ、まだつくりたいものがあるというのは、そんなに悪いことではないのではないかと。

また、今回好きにやってみようの一環として、個人勢Vtuberさまとコラボして、作中の登場人物として起用するという変わった試みをしております。

紙代《かみしろ》なつめさん（親：やすゆき先生、以降なっちゃん）、鳳玲天々《ほうれいてんてん》さん（親：がおう先生、以降テンちゃん）、花守《はなもり》へるしさん（親：あやみ先生、以降へるちゃん）の三名です。

小説を連載する際に昔出したゲームの繋がりでやすゆき先生になにか頼めないかと雑な相談をしたら、なんとなくこうなってしまったという感じです。

ノベライズとかならともかく、小説でコラボってなんだよって感じですが、実際書いていて面白いなと、ボクも思いはじめちゃったりもしまして。

まずご本人の癖を拾って、最新の配信の様子を見てまた解釈を直したりして。こういうのは生きているものでないと成立しないので、描写するのが楽しかったです。

また、ウェブ版では衣装に関してぼかして書いてたんですが、今回は挿絵が載るということで衣装をアレンジさせてもらっております。

なっちゃんは元が大分センシティブなので、そのまま教壇に立つと通報されちゃうなと(笑)。そしてテンちゃんはチャイナ服に、へるちゃんも保健医っぽくアレンジしてもらっております。

三人ともTwitterやYouTubeをはじめネット上で活動しておりますので、ご存じない方は是非是非チェックしてくださいね。ネットで検索すればすぐ出てくるはずです。

ご本人のお三方、そして親のお三方、改めてありがとうございました。この場で改めて御礼申し上げます。

この小説、売れて欲しいんですよね。

いや、毎回売れて欲しくはあるんですが、今回はいつもよりちょっと多めに。

なので皆さん、気に入ってくださったら是非布教したり感想よろしくお願いします。多分ボクがこんなこと言ってるの珍しいです。担当の庄司さん、なんだかんだ付き合いが長いんですが、「こいつ珍しいこと書いてるな」ってあとがきを読みながら思ってるんじゃないでしょうか。どうなんですかね。

1巻で終わっても単巻完結ということで話がまとまってるとは思うのですが、売れたら続きが出ますし、ボクとしてももっと書きたいなあと。

そんな感じですので是非よろしくお願いしますね。

もし長く続いた場合のエンディングみたいなのも、一応頭の中にはあったり。

あとがきが長くなりましたが、この本を読んでいただきありがとうございました。

また、素敵なイラストを描いてくださったうなさか先生はじめ、担当氏、Vtuberさまと親の方々、コメントをくださった丸戸先生他、この本に携わってくださった皆さま、本当にありがとうございました。

最後に謝辞を交えつつ、このあとがきを終えたいと思います。

２０２０年　七烏《ななう》未奏《みそう》

講談社ラノベ文庫

失恋後《しつれんご》、険悪《けんあく》だった幼《おさな》なじみが砂糖菓子《さとうがし》みたいに甘《あま》い

～ビターのちシュガー～

七《なな》烏《う》未《み》奏《そう》

2020年9月30日第1刷発行

発行者	森田浩章
発行所	株式会社　講談社 〒112-8001 東京都文京区音羽2-12-21
電話	出版　(03)5395-3715 販売　(03)5395-3608 業務　(03)5395-3603
デザイン	杉山絵
本文データ制作	講談社デジタル製作
印刷所	豊国印刷株式会社
製本所	株式会社フォーネット社

ISBN978-4-06-521187-8　N.D.C.913　246p　15㎝
定価はカバーに表示してあります

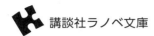

ファンレター、
作品のご感想を
お待ちしています。

あて先

〒112-8001　東京都文京区音羽2-12-21
(株)講談社ラノベ文庫編集部 気付

「七烏未奏先生」係
「うなさか先生」係

より魅力的で楽しんでいただける作品をお届けできるように、
みなさまのご意見を参考にさせていただきたいと思います。
Webアンケートにご協力をお願いします。

https://voc.kodansha.co.jp/enquete/lanove_123/

講談社ラノベ文庫オフィシャルサイト
http://kc.kodansha.co.jp/ln
編集部ブログ http://blog.kodanshaln.jp/